高校3年の春
5人全員キャラメル色のカーディガンを着ていた
それが仲良くなったきっかけ——
そして
キラキラした魔法みたいな写真を撮るきみの事を
っと
りたくなった
くんは
使い
だね・・・
卒業まで後7日
だけど私はきみの進路を知らない
俺からしたら有沢さんの方が・・・
ねぇあの時きみは何を考えていたの？

高校3年の夏
・・・私
志望校の判定
よくなかったんだ・・・
まだ
これからだろ?
芹奈は
やるときはやるし
大丈夫だと思うけど
俺達さ・・・・
来年も
変わらずに
いられるかな・・・

きっと・・・
絶対！変わらないよ
……え？
ごめん・・・・
あの瞬間に戻れたとしたら今の私はどうするかな・・・・

きみの隣にいると
水の中にいるみたいに
苦しい
あのね・・・・
私・・・あの時ね
本当は
きみとキスしたかった・・・・・

野いちご文庫

きっと、ずっと、恋だった。

氷室愛結

スターツ出版株式会社

きみの隣《となり》にいると、
水の中にいるみたいに息が苦しい。

きみが笑うと、
水面越《ご》しの太陽みたいにキラキラまぶしい。

きみを想うと、
ふわふわのシャボン玉みたいに幸せになる。

きみに触《ふ》れると、
はじけて消えてしまいそうな気がする。

あのね、私、あのときね。
本当は、
きみとキスがしたかったよ。

CONTENTS

CHARACTERS

皆川《みながわ》 秋樹《あき》

写真を撮るのが得意。何を考えてるのか読めないこともあるけど、本当はすごく優しい。

有沢《ありさわ》 芹奈《せりな》

運動が得意な、明るい元気女子。卒業を控え、秋樹の進路が気になるけれど…？

間《ま》宮《みや》 洸《こう》太《た》

いつも元気でにぎやかなムードメーカー。単純でいいヤツ。

倉《くら》木《き》 柊《しゅう》香《か》

大人っぽい美人。しっかり者でいつも冷静に芹奈のアホ発言にツッコむ。

高《たか》嶺《みね》 蒼《あおい》

優しいお兄ちゃん的存在。彼女はいないけどイケメンでかなりモテる。

水面越しの太陽みたいだ

小学生のころ、よく晴れた夏の日、プールにもぐった。

初めて水の中で目を開けて空を見上げたら、太陽の光が水面ではじけてキラキラ輝《かがや》いていた。

それがあんまり綺麗《きれい》だから、もっとずっと見ていたくて。触れてみたくて手を伸《の》ばしたけれど、当たり前のようにその光をつかむことはできなくて。そのうち息が苦しくなって、仕方なく水の中から顔を上げて思いっきり息を吸い込んだ。

だけどしばらくしたら、またさっきの景色が見たくて、もう一度もぐっては空を見た。


――きみといるとなぜだか、その水面越しの太陽を思い出す。


三月二日。卒業まで、あと七日。

スマホの画面に浮《う》かび上がる日付を見て胸《むね》がキュッと痛いくらい切なくなる。ここ最近、ずっとだ。

「お待たせしました、スペシャル・ウルトラ・ビッグパフェです」

「あ、ありがとうございます」

日曜日の午後三時のカフェで、ウエイトレスさんがぷるぷる手を震《ふる》わせながら、見るからに重そうな大きなパフェをテーブルの真ん中に置いた。五十センチ近くあるチョコレートパフェは、甘《あま》い匂《にお》いで私たちの鼻をくすぐる。

「よーし、食うぞ」

「いただきます！」

それぞれのスプーンで、巨大なチョコレートパフェを口に運ぶ。

ここは私たちがよく放課後に寄り道する、通学路にあるカフェ。カフェといっても落ちついた雰囲気《ふんいき》ではなくて、学生もたくさんいるから多少うるさくしても大丈夫《だいじょうぶ》。そしてこの、五人で食べてもお腹《なか》いっぱいになるチョコレートパフェが私たちのお気に入りだ。

徐々《じょじょ》にパフェの甘さにダウンし始めたのが、大人っぽくて美人な、倉木柊香《くらきしゅうか》。ゆるく巻いたツヤツヤの黒髪《くろかみ》と、サイドに流した前髪が大人な柊香らしい。しっかりしていて、いつも冷静に私のアホな発言に突《つ》っ込んでくれる。

「何回食べても苦しくなるな、これ」

そう言って苦笑いしているのが、優《やさ》しくてしっかり者で、私たちにとってはお兄ちゃんみたいな存在の高嶺蒼《たかみねあおい》。

ダークブラウンの髪色とか、きちんと着た制服とか、優しげなたれ目とか、全部が女の子たちの目線を奪《うば》ってることに、本人は気づいているのかなぁ。

とにかく、私たちの中で一番モテるのは高嶺だ。彼女《かのじょ》はつくらないみたいだけれど。まだ余裕《よゆう》で生クリームとアイスを一気に口に運んだのは、元気でうるさい間宮洸太《まみやこうた》。コウは私と同じくらい単純なところが、たまにあきれるけれどおもしろい。

美容師を目指しているだけあって、明るい色の髪にゆるいパーマをかけていて、制服の着崩《くず》し方もなんだかおしゃれだ。

そして私の隣で順調にパフェを食べ進めているのは、意外と甘党らしい皆川秋樹《みながわあき》。染めたことのない、でも元から日に当たると茶色く見えるくらいの、ふわりとした黒い髪。何を考えてるのかなかなか読めないけれど、仲よくなってみれば冗談《じょうだん》も言うしからかってきたりもするし、だけど本当はすごく優しいことも知っている。

みんなは〝アッキー〟って呼ぶ彼《かれ》のことを、私だけが〝秋樹〟って呼ぶ意味に、秋樹はきっと気づいていない。

「おーい、有沢《ありさわ》?」

「芹奈《せりな》、どうしたの?」

みんなの声に、ハッと我に返る。

「ごめんごめん、ぼーっとしてた」

慌《あわ》てて口いっぱいにアイスを頬張《ほおば》ったら、こめかみのあたりがツンとした。

「有沢のことだから、今日の晩ご飯のことでも考えてたんだろー?」

ニヤニヤしながらからかうコウに、

「そうそう。ハンバーグだったらいいな……って。そんなこと考えてないし！」

そう返せば、みんなが笑ってくれた。

ふと隣を見ると、ちょうど秋樹もこっちを向いたところで。不意に絡《から》まる視線に、心臓《しんぞう》がつかまれたみたいに締《し》めつけられる。

「ハンバーグだといいね、芹奈」

くくっと笑いながら、意地悪を言うときのいたずらっぽい顔でそう言った秋樹に、怒《おこ》ったように口をとがらせるけれど。そんな意地悪すらうれしくて、楽しそうに笑う秋樹に、思わず私も笑ってしまった。

「……もうすぐ卒業か」

少ししてから高嶺がつぶやいた言葉に、視線を落とす。

そう、卒業まであと七日。ちょうど一週間後の今日には、私たちは大好きな高校を卒業してしまう。

今日、日曜日で学校がないのに仲のいい五人で集まっているのも、あと少ししか残されていない高校生という時間を、みんなで過ごしたかったからだ。

思えばこの一年、何をするにも五人一緒《いっしょ》だった。移動教室も、お昼ご飯も、帰り道も、全部。

休みの日にはみんなでこうしてお気に入りのカフェでおしゃべりしたし、夏休みの最終日には私とコウの終わっていない宿題を、三人に手伝ってもらったりなんかもした。受験生だったからあまり遠くに遊びに行ったりはできなかったけれど、十分すぎるくらいたくさんの時間を私たちは一緒に過ごした。

だけど私は、秋樹の進路を知らない。

私たち、結構仲良しだって思ってたのになぁ。女の子の中じゃ私がきみと一番近い存在だって、思ってたのになぁ。

大学に行くのか、就職《しゅうしょく》するのか、それとももう一年頑張るのか、全然違《ちが》う何かなのか。

何度も聞こうと思ったけれど、何か言いたくない理由でもあるのかもしれないと思ったら聞けなくて。気づけば卒業まで一週間というところまできてしまった。

私たち五人のうち、きみ以外の三人の進路なら知っているのに。

柊香は、有名な私立の大学に進学。コウは美容師になるための専門学校。高嶺は国立の大学。私は第二志望の私立大学に進学する。

みんな進路は違うけれど、地元から出ることはない。だから会おうと思えばいつでも会えるんだけれど、毎日当たり前のように一緒に過ごしてきただけに、やっぱり寂《さび》しい。

そして何より今、私を寂しくさせるのは、きみの進路だけ知らないという事実だった。

私が大学が決まったと報告したとき、みんなは自分の進路も教えてくれたんだけれど、秋樹だけは違った。

『おめでとう。"interesting"のつづりもわからなかったのに、よく頑張ったじゃん』

なんて余計なひとことは添《そ》えたくせに、自分の進路は教えてくれなかった。どうしてなんだろう。私に言いたくない理由が、何かあるのかな。

きみの決めた進路なら、なんだって応援《おうえん》するつもりなのに。秋樹にとって私は進路を報告するほどの友達ではないってことなのかなぁ。

……ダメだ、このことを考え始めると悲しい気持ちになってしまう。

せっかくみんなと一緒にいるんだから、今を楽しんだほうがいいよね。

「卒業式のしおりの表紙、すごく綺麗だよね」

柊香が鞄《かばん》の中から金曜日に配られたしおりを取り出して、みんなもそれを覗き込む。

うん、何回見ても綺麗な写真。

「これ、アッキーが撮《と》ったんでしょ?」

柊香が聞けば、そう、とうなずく秋樹。

見慣れた教室の写真。だけど夕日の差し込む誰《だれ》もいない教室は、なんだか見ている だけで温かくて、幸せで、そして少し切ない気持ちにさせる。

少し汚《よご》れた黒板とか、教科書が入ったままの机とか、私たちが高校生活を過ごした教室は、秋樹の写真の中では何倍も素敵に見える。

秋樹は写真部の部長で、一年生のときからコンテストなどでもいい結果を残しているらしい。

私は写真には詳《くわ》しくないけれど、秋樹の写真からはなんだか秋樹の気持ちが、言葉より強く伝わってくる気がして。うまく言えないけれど、とにかく一度見たら目が離《はな》せなくなってしまう。

この教室の写真だってそう。秋樹にとってこの教室がどれほど大切な場所だったたのか。うれしいことも楽しいことも、たまには悲しいことや悔《くや》しいことも、全部が詰《つ》まったこの空間が、秋樹にとってどれほど幸せな場所だったのか。

ひと目見ただけで私の心にも流れ込んできて、初めてこのしおりを見たときは思わず泣きそうになってしまった。

そんな秋樹の写真が、秋樹の目に映る世界が、私はすごく好きだった。

「卒業しても、会おうな」

少し寂しそうな顔をしたコウに、「当たり前でしょ」と笑って返したけれど、この幸せな高校生活が終わってしまう寂しさは、どうしたってぬぐいきれない。

卒業したって、会える。私たちはどうせすぐに寂しくなって、また頻繁《ひんぱん》に集まるのかもしれない。

だけど。今まで通りというわけにはいかなくなるのだろう。私たちはみんなバラバラの道に進んで、全然違う人生を歩んで、そこでそれぞれもっと大切なものを見つけていく。

今は私たちにとって世界のすべてであるあの小さな教室も、いつかは懐かしい思い出の一部に変わるんだろう。

それはまったく悪いことではないし、むしろそれが大人になるということなんだろうけど。そんなことは頭ではわかっているけれど。

子供な私はまだ大人になんかなりたくないし、この大切な教室という世界をいつまでも鮮明《せんめい》に覚えていたいし、みんなの一番大切なものがこの時間ではなくなってしまうことが、すごくすごく寂しかった。

今とずっと変わらないままでいるなんて、あり得ない。

それでも私の中で、みんなへの〝大好き〟の気持ちだけは、きっとずっと色褪《あ》せないで、変わらずに残り続けるんだろう。

そんな恥《は》ずかしいことはみんなに言えないけれど。

「みんな、彼氏彼女できたらちゃんと報告してよ！」

暗くなりかけた気持ちを吹《ふ》き飛ばそうと、少し大きな声を出した。

「いや、有沢には無理だろ」

間髪《かんはつ》入れずにひどいことを言うコウを鋭《するど》く睨《にら》む。

「有沢はなぁ……」

「芹奈に彼氏ができたら、盛大にお祝いしようね」

「ちょっと、どういう意味？」

コウだけでなく、高嶺と柊香まで笑うから、むっとして頬を膨らます。

そこまで全否定しなくてもよくない？

大学生になったら私にだって、ハイスペックでイケメンな彼氏ができるかもしれないじゃない。

「秋樹、みんながバカにしてくる……」

隣にいる秋樹に助けを求めたのに……。

「芹奈は子供だから」

眉《まゆ》を下げて、目を細めて。かわいい顔をして笑うから、どうしたって私は秋樹に怒ったりできなくなってしまう。

いつもそうだ。普段《ふだん》から何を考えているのかよくわからない秋樹だけど、意外と冗談も言うし、私のこともよくからかう。

他の女の子にはしない、私だけへの特別なそれがうれしくて。いたずらっぽく笑う表情がかわいくて。つい私の頬もゆるんでしまうんだ。

ずるいなぁ、秋樹は。

「アッキーはモテそうだよな」

高嶺の言葉に、みんなうんうん、とうなずく。私のときとはえらい違いだ。

「いや、そんなことないって」

「絶対すぐ彼女できちゃうよねぇ」

「彼女できたら、俺《おれ》にもかわいい女の子紹介《しょうかい》して！」

みんなの冷やかしに、いつもなら私も乗るはずだけれど、今日は笑ってみせるだけで精いっぱいだった。だって秋樹の彼女なんて、容易に想像できてしまうから。

みんなよりどこか大人びていて、意地悪なことを言っても本当はすごく優しくて。

そんな秋樹の隣には、きっと優しくてかわいくて、そしてしっかりした女の子が並ぶんだろう。

……嫌《いや》だ、そんなの。

私の知らない秋樹の表情を、知らない誰かだけが見ることができる。

そう思ったら、ほら。水の中に溺《おぼ》れたみたいに苦しくなって、息がうまくできなくなる。

「柊香も、モテそうだよね」

なんとか話題を変えたくてそう言えば、みんなまた同意する。これも私のときとは大違いだ。

「かっこよくて将来有望な彼氏ができたら報告するね」

ふふ、と笑う柊香は、私の何倍も大人っぽくて、美人で、うらやましい。

ツヤのある黒髪ロングも、ミルクティー色の明るいボブの私とは正反対だから、どうして友達なのかよく聞かれるけれど、特別な何かがあったわけではない。私たち五人が仲よくなったのは、席が近かったから。ただそれだけで。

自然とよく話すようになって、そしたらかなり気が合うことがわかって、五人でいる時間がだんだん増えていった。五人でいるとなんだか落ちつくのは、きっと私だけじゃないはずだ。

「そんな高望みしてると彼氏できないぞ」

少し顔をゆがめた、下手《へた》くそな作り笑い。高嶺のその言葉と笑顔の意味が、私にはわかってしまったりして。

だって、私と高嶺の境遇《きょうぐう》は少し似ていて、きっと同じ想いを抱《かか》えているはずだから。

ごめん、高嶺。柊香のことに話題転換《てんかん》したの、失敗だった。って、心の中で小さく謝《あやま》った。

「芹奈、ここ。クリームついてる」

視線を感じて隣を振《ふ》り向くと、秋樹がじっと私を見ていてドキッとした、のに。クスッと笑って自分の唇の横、白い頬を指さすから、慌ててペーパーナプキンを取ってクリームを拭《ふ》き取った。恥ずかしすぎる……。

「そういうところが子供だよね」

「うっ……」

全然褒《ほ》められているわけではないし、むしろバカにされているのかもしれないけれど。秋樹がなんだかすごく優しくて、そして少し切なそうな目をして笑ったから。

だからやっぱり私の胸はぽかぽかして、そして少し、苦しくなった。

私のことを芹奈って呼ぶ男の子は、秋樹だけで。

みんながアッキーって呼ぶ彼のことを秋樹って呼ぶのは、私だけ。

それは私にとって、心の一番奥《おく》の宝箱にしまって、鍵《かぎ》をかけてしまいたいくらい大切なことなんだけれど、きっと秋樹にとってはなんでもないことで。

私の正面に座っている柊香よりも先に私の頬のクリームに気づいたのは、私のことをよく見てたから、ってわけではないし。優しそうに笑うのだって、きっと誰にだってそうなんだろう。

わかっているんだよ、わかっているんだけど。

子供じゃなかったら、私がもっと大人っぽかったら、そしたら私を見てくれますか？　なんてふと考えてしまった子供みたいな質問を、甘くて苦いチョコレートアイスと一緒にのみ込んだ。

「卒業するまでに、みんなで学校で写真撮りたいな」

「いいね、いっぱい撮ろう！」

そういうの、あからさまに思い出づくりみたいでなんだか寂しい気がしていたけれど。

卒業まで、あと七日。ここまできたら寂しさよりも、この大切な高校生活を切り取って残しておきたい気持ちのほうが大きい。

「じゃあ俺、撮るよ」

「何言ってるの、秋樹だって写らなきゃ意味ないでしょ！」

秋樹はみんなで写真を撮ろうっていうとき、いつもひとりで撮影係《さつえい》をやろうとして、自分はなかなか写ろうとしない。

こういう場面でいつだって秋樹は一歩引いて、自分よりも他人を優先させてしまう。

グループワークなどで四人一組の班分けをするときも、私たち五人の中で誰よりも早く『俺、他のグループ行くよ』って優しく笑う。みんなで遊ぶ予定を立てているときも、予定が合わないと『俺抜《ぬ》きで行ってきていいよ』って言う。

そういうの、秋樹の優しさだってわかるけど。秋樹は自分よりもみんなのことばかり考えてしまう人だって、知ってるけど。それが秋樹のいいところでもあるんだけれど。

それでもやっぱり、私たちは秋樹にそんなこと言ってほしいわけじゃなくて、むしろそう言われることが少し寂しくて。

『秋樹が我慢《がまん》して、私たちがうれしいわけないでしょ。みんな揃《そろ》ってなきゃ意味ないんだよ！』って怒ってしまったこともあった。

私は怒っていたのに、秋樹は少し驚《おどろ》いた表情をして、『ありがとう』って眉を下げて、うれしそうに笑ったのをよく覚えている。

「そろそろ帰るか」

スマホの画面で時間を確認した高嶺に、そうだね、とうなずいた。

明日と明後日は球技大会が予定されている。だいたいの人がもう進路も決まって、あとは卒業を待つだけ。

授業といった授業もほとんどない私たち三年生の、最後のイベントだ。明日は楽しみだね、なんて言いながら、もう人の少なくなったカフェを出る。

学校に続く道をふと振り返って、不意に寂しくなった。この道をみんなで歩くのも、あと少しなんだな、と実感してしまって。

五人で歩くとき、だいたいいつも私とコウはみんなより前を歩く。ふざけ合いながら歩く私たちを見て、あきれたように、でも楽しそうに笑いながら、柊香と高嶺と秋樹が後ろを歩く。

「見て、夕日が綺麗だよ」

学校に向かう急な坂道を振り返ると、坂の上に夕日が沈《しず》むところだった。

まぶしく光るオレンジを、紫と青を混ぜたような空が侵食していく。強いオレンジは雲を染めて、空を照らして、私たちを包み込む。

それがあまりにも綺麗で、なぜだかわからないけれど少し泣きそうになった。三年間通った大好きな通学路で、大好きな人たちと、綺麗な夕日を見ているこの時間が、止まってしまえばいいとすら思った。

カシャ、とスマホのカメラの音がしてハッと我に返ると、秋樹が夕焼け空の写真を撮っていた。気になって秋樹の手元を覗き込めば、そこには、この時間そのものが切り取られたような空が写っている。

構図もフィルターの使い方も、私たちには真似《まね》できる気がしない。それに、この写真からは、私がさっき感じた幸せとか寂しさとか愛《いと》しさとか切なさとか、そういうの全部伝わってくるような気がして。

秋樹ももしかしたら、私と同じことを考えていたのかもしれない。

「秋樹の写真って、魔法《まほう》みたい」

秋樹の目には毎日が、こんなにも美しく映っているのだろうか。思わずつぶやくと、パッとスマホを取り上げられた。

「……」

秋樹は何か言いたそうに口を開いて、少し迷って、それから口をつぐんでしまった。

顔を背《そむ》けた秋樹の耳が赤いのは、夕焼けのせいだろうか。

「じゃあ、また明日！」

「じゃあな」

「ばいばーい」

柊香と高嶺とコウは家が大通りの向こう側だから同じ方向に帰るけれど、私と秋樹は三人とは別の方向に帰る。

三人を見送ったあと、秋樹と別れる一つ目の曲がり角まで、ふたり肩《かた》を並べて歩く。

ふたりきりになれるこのたった数十メートルの間、私はどうしてもゆっくり歩いてしまう。

みんなで歩いているときは、私は秋樹より前を歩いているのに、ふたりのしきは横並び。

いつもより小さな歩幅《ほはば》で歩く私のことを、不自然だと思われたらどうしようって、この気持ちに気づかれてしまったらどうしたらいいのかって、今でも少し心配だけれど。

それでも秋樹と少しでも長く一緒にいたい気持ちのほうが大きくて、今日も私は時間をかけてこの道を歩く。

ああ、もう曲がり角についてしまう。

ふたりで歩くこの数十メートルは、同じ距離《きょり》でもひとりで歩くその距離よりも圧倒《あっとう》的に短い。

秋樹が隣の家に住んでいたらいいのに。そうしたら家までふたり一緒に帰れるのに。そんなあり得ないことを考えてしまうくらい、もうこの想いは抱えきれないくらい、強く深く、そして大きくなっている。

「……コンビニ寄るから、そっちから帰るわ」

いつもの曲がり角。まっすぐ進むはずの秋樹は私と一緒に右に曲がって、そう言った。

「……え」

思いもよらない秋樹の言葉に、驚いて顔を上げる。秋樹は少し照れくさそうに目を逸《そ》らしながら。

「こっちのコンビニのほうが好きなんだよ」

秋樹の家の方面にもコンビニはあるけれど、たしかに私の家の方面のほうが、品揃えはいい、のかもしれない。ありがとう、とコンビニにすら感謝してしまうなんてバカみたいかもしれないけれど。

「……あのさ」

少し歩いてから、秋樹が口を開く。私は何も言わずに、右隣を見上げた。

「芹奈は、すぐにできるから大丈夫だよ」

「……え、何が？」

「彼氏」

そう言われて初めて、今日の話だと気づく。

私に彼氏ができなさそうだっていう話、たしかに私も事実だと思うんだけれど。

「本当？　私、彼氏できそう？」

思いもよらない言葉に驚いて、目を丸くする。

「うん」

「……子供だって、言ったくせに」

少し拗《す》ねてみせると、眉を下げて笑う秋樹。思わず私は前を向いてうつむく。

並んで歩くふたりの靴《くつ》を見て、目を細めた。

「褒め言葉だよ」

「嘘《うそ》だぁ」

子供みたい、のどこが褒め言葉なのかわからないし、またからかっているだけだと思ったけれど。秋樹があんまり優しい顔をして笑うから、私も思わず頬がゆるんだ。

秋樹にそんな笑顔で言われたら、なんだってうれしくなってしまう。

だけど大人っぽい秋樹の隣に並ぶのは、こんな子供の私じゃないんだろうなぁって思えて、胸がチクリと痛んだ。

「俺のほうが彼女できないよ」

「何それ、嫌みー？」

「……片想いこじらせて、結局言えなくなるから」

どこか寂しそうに、泣きそうに笑うその横顔に。ほらまた、息ができなくなる。

誰かに片想いしているの？　誰が秋樹に、こんな表情させるの？

知らない誰かを想って切なげな横顔を見せる秋樹に、泣きたくなったのは私のほうだ。

――きみといると、水面越しの太陽を思い出す。

小学生のとき、初めてプールの水の中で目を開けて見上げた空。太陽の光が水面ではじけたように、キラキラ輝いていた。

そんなふうに秋樹はいつだってまぶしくて、キラキラで、もっとずっと見ていたくて。触れてみたくて手を伸ばすけれど、その光をつかむことはできない。

ずっと水にもぐっているみたいに、秋樹といるとたまに、息ができないくらい苦しくなる。

それでももっときみを見ていたくて、その苦しさから抜け出すことができなくて。

一度酸素を求めて水面に顔を上げても、またすぐその光が見たくて水の中にもぐったあのころの私と、一度はあきらめようと思っても、新しい秋樹の一面を見るたびもっと深くに沈んでいく今の私が重なる。

もう、ずっとだ。ずっと私は、水面越しの太陽に、まぶしいきみに溺れている。


「……コンビニ、私も行く」

私の家の前。家に入る私を見送ろうと立ち止まった秋樹に、そうつぶやいた。

「え、芹奈も？」

「私も買うものあったの思い出した」

「……じゃあ、行こう」

その声がやけに優しく、痛く、私の胸にじわりと沁みた。

もちろん、本当は買うものなんてないけれど。

ただ少しだけ、もう少しだけきみの隣を歩きたかっただけなんだけれど。

心なしかさっきよりゆっくりになった秋樹の歩調と、私のそれ。夕焼けが辺りをオレンジ色に染め、私たちの行く道に伸びる二つの影《かげ》を映し出す。

……わずか十センチ。手を伸ばせば、きみに届く。どうしてもきみに触れたくて。

だけど夕焼けが照らす影で、私の手が少しきみに伸びたのがはっきりと見えてしまって。それがなんだかすごく恥ずかしくなって、慌てて手を引っ込めた。

……秋樹に、バレていませんように。たった十センチ、手を伸ばす勇気がない。

たった二文字、伝える勇気がない。

「……秋樹」

「……何、芹奈」

「……なんでもない」

きみだけが呼ぶ、私の名前。

私だけが呼ぶ、きみの名前。

右耳から聞こえる『芹奈』って響《ひび》きが、私の体中を幸せな温度で染めてくれる。

私が彼氏なんかすぐにできちゃうようなイイ女になっても、月日がたっておばあちゃんになっても、ずっと心の奥で生き続けるように。

皆川秋樹という人が、私の心の中でこんなにも大きな存在になっていたことを、忘れないように。

秋樹と交わす言葉も、隣を歩く横顔も、幸せな景色も、この空気さえも。いつでも思い出せるように、忘れないように、深く息を吸った。

「秋樹はコンビニで、何買うの？」

「何買おうかな」

「えー？」

「芹奈は何買うの？」

「何買おうかな」

「はは、何それ」

空のオレンジがどんどん紫に支配されて、日が暮れていく。

こうして今日も足早に過ぎていって、きっと明日も明後日もその繰り返しで。

七日間なんてあっという間で、私たちが離れ離れになる日もすぐそこ。

きみと離れるなんて、考えたくない。

きみのいない未来なんて、想像もしたくない。

いつも落ちついていて、大人で、写真の才能もあって、もうすぐ夜空に現れるはずの一番星みたいにキラキラ輝くきみだから。

そんなきみに、私はずっと憧《あこが》れているから。

だからこそこの気持ちを、誰にも伝えられない。

まして誰かを思うきみになんて、言えるわけがない。

だから息が詰まるくらい苦しくて、泣きたいくらい幸せなこの気持ちは、私だけの秘密。

心の奥の、誰にも見えないところに隠《かく》して。宝箱の中に宝箱を入れて、二重に鍵をかけてしまっておく。

いつかそれを開けたときに、笑えるようになるまで。だって私はきみの、きみは私の、大切な友達だから。

それぞれのかくしごと

卒業まで、あと六日。

「あの、高嶺くん……ちょっといいかな?」

いつも通りの朝。

まだチャイムが鳴っていないからいつもの五人で集まってしゃべっていると、隣のクラスの女の子が高嶺に話しかけてきた。

「ああ、うん。大丈夫だよ」

「話したいことがあるから、来てくれる……?」

うつむいた顔に赤らめた頬。きゅっとスカートの裾《すそ》を握《にぎ》る小さな手は、少し震えている。

ごめん、行ってくる、と小声で私たちに謝って彼女に続いて教室を出る高嶺。そしてそれを見送る私たち。

こういうのが、最近多い。しかも高嶺ばっかりだ。

卒業まであと六日しかないから、校内中でこんな呼び出しは増えているはずで。

まあ私の元には、何もないんだけれど。

高嶺は顔が整っているし、頭もいいし、大人っぽくて優しいし、女の子に人気があるのは当然のことかもしれない。

いつも近くにいるから忘れがちだけれど、同じクラスになったことのなかった二年生のときでも、〝隣のクラスの高嶺くんがかっこいい〟って噂《うわさ》だけは聞いていた気がする。

ダークブラウンの短めの髪に、少したれ目の優しげな笑顔はどこにいたって人目を引きつけるから。

「高嶺って、なんで誰とも付き合わないいんだろう」

「あー……」

あんなに告白されてるのに誰とも付き合わないなんてもったいない、と首をかしげるコウ。

コウはたまに驚くくらい鈍《にぶ》いけれど、まあそこがコウのかわいいところだよ。

私は直接聞いたわけではないけれど、なんとなく高嶺の気持ちは想像がつくから、曖昧《あいまい》な返答しかできない。

秋樹も同じように苦笑いしているから、きっと私と同じように、気づいているはずだ。

柊香だけが何も言わずに窓の外を見つめている。

わかりやすいコウと違い、柊香は何を考えてるのか読めないところがあって。

高嶺の気持ちを知っているのかいないのか。

知っているならどうするつもりなのか。

柊香の瞳《ひとみ》はいつも誰を見つめているのか。

私たちはそういう踏み込んだ話をしないから、余計にわからない。

「あの、皆川先輩《せんぱい》！」

高嶺はモテモテでうらやましいねえ、と話していると、今度は秋樹にお呼び出しが。

リボンの色が緑だから、きっと二年生の女の子ふたり。

「ん？」

手帳をぼんやりと眺《なが》めていた秋樹は、パタンとそれを閉じて顔を上げる。

「あの、私たちずっと、皆川先輩のファンで……」

「写真、ずっと続けてください！　応援してます！」

勇気を振り絞《しぼ》ったように言う女の子ふたりに、秋樹はふわりと優しく笑う。

「ありがとう、うれしい」

「が、頑張ってください！」

「もちろん」

どこかで見たことがある女の子たちだと思ったら、たしか秋樹の所属している写真部の後輩《こうはい》だ。

さすが、ファンがいるなんてすごいなぁ、と感心する。

「この前の写真もよかったです！」と興奮《こうふん》気味に話す女の子たちと、カメラのことについて話している。

写真のことを話すときの秋樹は、いつもより目がキラキラしている気がする。

きっと心の底から楽しいんだろうなぁ。そういう、自分にとって大切なものをもう見つけられているなんて、すごいなぁ。

私には秋樹みたいに一生懸命打ち込める特別なものも、才能もないから。

だから一つ前の席に座っている秋樹の背中は、こんなに近くにいるのに触れられないくらい遠く感じた。

私にも胸を張れる何かがあったら、もう少し近づくことができるのかなぁ。

秋樹が女の子たちと話している間、そんなことを考えながら、私はひとり、秋樹と初めて話したときのことを思い出していた。

――あれは、高校三年生の春。

まだ私たち五人は全然仲よくなくて、そのあとの席替えで席が近くなってから話すようになるんだけれど。

私はそのとき、秋樹の隣の席だったんだ。

写真部の部長で、コンクールでもたくさんいい結果を残している人。

秋樹のことは噂で聞いたことがあったくらいで、まだ話したこともないし、どんな人かもよく知らなくて。

ただちょっとクールで、大人っぽくて、何を考えているのか読めなくて、なかなか話しかける勇気が出なかったことは覚えている。

だけど、写真とか絵画とか音楽とか、芸術的なものにうとい私が初めて『綺麗だ』と思ったのが、秋樹の写真だった。

今でも覚えている、私たちの通学路を撮った一枚。

たまたま秋樹が机に置いたままどこかに行っていたから、ふと目に入っただけだったのに。一瞬《いっしゅん》、時間が止まったみたいに、息をするのを忘れた。

小さな四角い写真の中に収められていたのは、私たちがいつも通る通学路。週に五日、毎日通る見慣れた道。それなのに秋樹が撮ったその写真では、初めて見るくらい素敵な場所に見えて。

秋樹の目にはこの写真が映し出している、そのままの世界が映っているんだと悟《さと》った。

見る人によって、こんなにも世界はキラキラして見えるんだって。

何げない毎日は、こんなにも素敵なものなんだって。

そんなことに気づかせてくれたのは、まぎれもなく秋樹のたった一枚の写真で。

こんな素敵な世界を目に映している彼は、どれだけ素敵な人なんだろうか。

それが知りたくて、秋樹のことがもっと知りたくて、声をかけずにはいられなかった。

『この写真、皆川くんが撮ったの？　こんな魔法みたいな写真、初めて見た！』

席に戻《もど》ってきた秋樹に興奮のままに勢いよくそう伝えたら、秋樹は驚いたように目を丸くして、それから少し照れくさそうに笑った。

『皆川くんは魔法使いみたいだね』

『……そんなの俺からしたら、有沢さんのほうが――』

そこまで言ってから秋樹は口をつぐんでしまったからそのとき秋樹が何を言いかけたのかよくわからなかったけれどふたり目が合って、私は少し恥ずかしくなって笑ってごまかした。

初めて秋樹と交わしたのは、たったこれだけの短い会話。

それから少しずつ、私たちは他愛ない話をするようになった。

昨日のテレビがおもしろかったとか、明日のテストが不安だとか、私のなんてことない話を、秋樹はいつも楽しそうに聞いてくれた。

クールだと思っていた彼は意外とよく笑う人で。大人っぽいのはイメージ通りだったけれど、仲よくなるにつれて、冗談を言ったり、いたずらっぽく笑ったりする子供みたいな一面も見えてきて。

そして何より、すごく優しい人だってわかった。

私はいつも行き当たりばったり、勢いだけで突っ走ってしまうところがあって。そんな私をいつも、優しく笑いながら助けてくれたのは秋樹だった。危なっかしい私を、見ていられなかったのかもしれない。

文化祭のクラス委員と体育祭のクラス代表を、張りきって両方引き受けてしまったときも。忙《いそが》しすぎて、実行委員に提出する文化祭の出し物の企画書と、体育祭のメンバー決めが終わらなくて、ひとり教室に残っていたら。

『芹奈はもっとみんなを頼《たよ》っていいと思うよ』

秋樹はそう言って私の隣に座って、一緒に企画書を書くのを手伝ってくれた。次の日学校に行ったら、みんなが体育祭のメンバー決めを考えてくれていて。びっくりしていた私にクラスメイトたちは、『アッキーが芹奈がひとりじゃ大変そうだからみんなでやろうって』『たしかにクラス代表二つは大変だよね。気づかなくてごめんね！』って言った。

『芹奈は頑張りすぎ』

ありがとう、とお礼を言った私に、秋樹は笑ってそう言ってくれたよね。

教科書を忘れたときも。怖《こわ》い先生だったうえに、前回も課題をやり忘れて怒られた私は、二度目はもっと怒られると思って慌てていて。

そしたら隣の席の秋樹は、机をくっつけて教科書を見せてくれた。

『有沢、今度は教科書忘れたのか』

怒った先生に、『すみません、忘れたの俺です』って嘘をついてくれた。

その優しさに、いつもより近い距離に、ドキドキして全然授業に集中できなかったのを覚えている。

クラスの打ち上げで幹事になったのに、なかなかいいお店が見つからなくて困っていたときも、安くておいしいお店を調べて予約してくれた。

他にも私の体調が悪いことに誰より早く気づいて保健室に連れていってくれたり、帰り道が暗いときは遠回りして私の家まで送ってくれたり、秋樹の優しいところをあげたらきりがない。

その一つ一つが重なって、私の心の中の秋樹の存在が大きくなっていった。

みんなは『芹奈がいつも笑顔でみんなを引っ張ってくれたから、クラスがまとまって楽しかったよ』なんて言ってくれたけれど、それを支えてくれていたのは秋樹で。秋樹がいつも周りを見て、助けてくれたおかげで。それなのに秋樹は、そんなの当たり前、みたいな顔をして、笑ってくれる。

このときから、ってはっきりとは言えないけれど。

きっと小さな桜の花びらが風に舞《ま》ってふわりと地面に積もるように。

一滴《いってき》一滴、落ちた水がやがて大きな水溜まりをつくるように。

秋樹への想いは日に日に大きく膨らんで、私はこの不思議な感情に、いつの間にか溺れていて。

気づいたときには、もう水の中。

苦しくて、息ができなくて、それでも水面越しの太陽みたいに彼はいつだってまぶしくて。そのキラキラに触れたくて手を伸ばして、まぶしいきみをずっと見ていたくて。

溺れてしまうとわかっているのに、また少し深くに沈んでしまう。

秋樹と話していると、心がふわふわして。

秋樹を見つめていると、胸の奥が何かにつかまれたみたいにぎゅうっと痛くなって。

秋樹が他の女の子と仲よくしていると、急に空が曇《くも》ったみたいに真っ暗になって。

秋樹とふたりで並んでいると、うまく息ができなくなる。

だけど秋樹が笑顔を見せてくれるだけで、苦しさなんて全部吹っ飛んで。

ただ幸せに包まれるから、また少し、私の中の秋樹の存在が膨らんで。

もう、溢れてしまいそうだ――。

「おーい芹奈、先生来たよ」

懐かしいことを思い出していたら、いつの間にか高嶺も教室に戻ってきていて、先生も教卓のところに立っていた。

慌てて自分の席に戻り、バッグの中からジャージを取り出して机の上に置く。

「今日は最後の球技大会だな！」

クラスTシャツを着て気合十分な先生が、にこにこしながらショートホームルームを始めた。

卒業前の最後の球技大会。

もう授業でもあまりやることがない三年生のために、私たちの学校では卒業式の直前に球技大会が予定されている。

受験のときは勉強ばかりでそういう楽しい行事がまったくなかったから、すごく楽しみだ。

私と柊香はバレー、秋樹と高嶺はサッカー、コウはバスケに出る予定。

「よーし、ラスト球技大会、頑張ろうー！」

長い長い先生の話のあとで、黒板の前に立って球技大会実行委員の私が叫《さけ》んだら、

「おー！」とみんなが勢いよく返してくれた。

この日常が、好き。

みんなに笑顔が伝染《でんせん》していく、このクラスが好き。

今はまだ終わりの日のことなんて考えたくなくて、黒板の横に貼られた【卒業まであと六日】のカウントダウンのプレートを見ないように教室を出た。

久々のジャージにクラスTシャツ。

サッカーチームのユニフォームに似せたTシャツの背中に、【SERINA】って名前と背番号【38】。

なんで38なのかっていうと「有沢」の「さわ」なんだけど、みんな気づいてくれなかった。

「38はサワっていうより、サヤだよ」なんて言われてしまった。言われてみればたしかにそうかも。

そして秋樹の背中には【AKI】って名前と背番号【37】。

みんなは気づかなかったけど、私は気づいたよ。皆川の「みな」で37だって。

似たようなことを考えていたことがうれしくて。

37と38で並んだことがふたりの秘密みたいで、なんだかやけにそわそわして。

このクラスTシャツを着るときは、いつだって少し照れくさくてすごく幸せだ。

「秋樹、サッカー得意なの？」

「小学生のときにクラブチームに入ってたくらい。そのあとは全然やってない」

たしかに秋樹が運動しているところって、体育以外であまり見たことがない。

サッカーしている秋樹なんてレアだから、楽しみだなあ。

「芹奈はバレー得意なの？」

「私は勉強より運動のほうが得意だから」

へへん、と笑えば、バカだもんね、とからかってくる。

もう、と頬を膨らませるけれど、こんな毎日が幸せで。

ずーっと、秋樹にバカって笑われながら、隣にいたいなあ、なんて本当にバカみたいなことを考えてしまった。

試合のタイムテーブルを見てみると、コウの出る男子バスケが一番最初。

というわけで、みんなで体育館に応援にやって来た。

「頑張れー！」

ふわりとした、男子にしては少し長めの茶髪《ちゃぱつ》をゴムで留めたコウが、私たちの応援に気づいてニッと笑ってみせる。

「コウくん、かわいい！」と後ろにいた女の子たちが騒《さわ》いでいるのを見て、コウやるじゃん、ってみんなで少し笑った。

そして始まった試合。

うちのクラスにはバスケ部が三人もいることもあり、そしてコウも予想外に強くて、どんどん点が入っていく。

前半終了《しゅうりょう》の時点でもう二十点差がついている。

いつも一緒にくだらないことで騒いでいるコウも、真剣《しんけん》にバスケをやっている姿を見るとなんだかかっこよく思えてしまうんだから不思議だ。

と、後半が始まって数分後。

「――危ない！」

少しコントロールがずれたバスケットボールが、かなりの速さで隣にいた柊香のほうに向かってきた。

咄嗟《とっさ》のことで目を見張ることしかできなかった私の隣で、高嶺がすばやく柊香の腕《うで》を引いた。

柊香が高嶺のほうによろめいたのと、柊香の目の前まで迫《せま》ったバスケットボールをコウが取ったのは、ほぼ同時。

私たちの応援している場所から少し遠くにいたはずのコウは、いつの間にか柊香に向かっていたボールを目の前で軽々とキャッチして。

一瞬だけ「平気⁉」と柊香が無事なのを確認して、それからすばやくドリブルでゴール下まで向かっていく。

一瞬の出来事に、驚いて、柊香の腕を引いた高嶺とドリブルしているコウを交互《こうご》に見る。

柊香本人が避《さ》けるよりも先に、その腕を引いて守ろうとした高嶺。

だけどきっと、それよりも先に、駆けだしていたであろうコウ。

コウは単に、バスケットボールを追いかけていただけなのかもしれない。

単純なコウに、柊香にボールが当たる危険を察知するくらいの余裕があるのかわからない。

だけど柊香の瞳は、コウを見つめていた。

その横顔は、今まで見た柊香の中で一番綺麗で。

愛おしそうな表情で、まぶしい太陽を見るみたいに、ゴールを決めたコウを見つめていて。

薄《うす》いピンク色に染まった頬、切なげに逸らした目。

この一瞬の出来事で、ずっとわからなかった柊香の気持ちに、気づいてしまった。

そうか、そうなのか。

柊香は、きっと……。

柊香の腕をつかんだはずの高嶺の手は、行き場をなくしたようにゆっくりと離れた。

「お疲《つか》れさま、コウ！」

見事、大きな点差をつけたままバスケで勝利した私たちのクラス。

バスケ部でもないのに大活躍《かつやく》したコウを褒める。コウは褒めると調子に乗って頑張るタイプだからね。

そして次の試合は私と柊香の出る女子バレー。

バレー部の子はひとりしかいないんだけど、わりと運動神経のいい子ばかりが集められたって感じがするから、いい線までいくんじゃないかと期待している。

「頑張れよ」

ふわり、と優しく笑ってくれる秋樹に、当たり前、と同じく笑って返した。

秋樹のひとことだけでこんなにもやる気に満ち溢れてしまうんだから、不思議。

たったひとことで私をこんなに幸せにするなんて、やっぱり秋樹は魔法使いみたいだ。

「よーし、優勝するぞー!」

腕をぶんぶん回しながらコートに向かえば、チームのみんなが笑いながら腕まくりをする。

「芹奈が言うと本当に優勝できそうな気がしてくるよね」

「よーし、頑張っちゃおう!」

そしてやる気に溢れたみんなとバレーボールを追いかける。

ゲーム開始早々、相手チームは私たちの気迫《きはく》に圧倒されたようで、序盤《じょばん》から私たちのペースに巻き込まれていたみたい。

結果は、圧勝。

私のスーパーミラクルサーブ、という名の、コントロールはないけれど勢いだけは人一倍のサーブもかなり活躍した。

柊香の安定感のあるレシーブや、もちろんみんなの団結力も大きな勝因となった。

一回戦目で負けたクラスはその場で敗退するので、二回戦目も戦えることにルンルン浮かれながらコートを出ると。

「有沢、すげーじゃん」

「おめでとう、さすがゴリラ」

褒められているのか、からかわれているのかわからないクラスの男子たちの言葉に、「人類だし！」とアホ丸出しなツッコミを入れながら、秋樹たちの元へ向かう。

「すごかったよ、有沢。迫力が」

「あんなサーブ取れないよなぁ」

感心しているコウと高嶺。

女子としてはちょっと複雑な感想なんだけど。

「秋樹の感想は？」

球技大会の写真を撮っていたのか、カメラを持ったまま黙《だま》っている秋樹に、冗談半分に聞いてみると。

「頑張ってたじゃん」

秋樹にもからかわれるんじゃないかと思ったら、にっこり笑ってくれるから、ちょっと調子に乗ってさっき撮ったらしい写真を覗き込んでみた。

「あ、私だ」

カメラの小さな画面に映し出される、サーブを打つときの私の姿。

茶色いボブの髪が太陽にすけて、私にしては珍《めずら》しすぎるくらい真剣な顔をしている。

……て、いうか。

私、すごく綺麗に撮れてない？

実物とはかなりのギャップがあって、なんていうか、素敵な女の子みたいだ。

みんなに見せたら詐欺《さぎ》だって言われそうなくらい。

「……秋樹の目には、こんなに綺麗に映ってるの？」

なんだか照れくさくて、うれしくて、これもまた冗談半分で秋樹に問いかければ、予想外の反応。

頬を少しピンクに染めて。

「え……俺にはいつも、こう見えてるけど」

そんなに違う？と不思議そうな顔で私の手元のカメラを覗き込む。

「っ」

なんだ、それ。

不意打ち。反則。ずるい。

顔が近いし、思わせぶりだし、意味わからないよ。

……そんなわけない、そんなわけないと思うんだけど。

秋樹の瞳には、私は、実物よりもかわいく映ってるのかもしれない。

そうだったら、うれしいなあ。

「次は秋樹と高嶺だね」

男子サッカーの試合が行われるグラウンドに移動しながら、頑張れ、と応援する。

「有沢ほどの活躍はできないけど頑張るわ」

「高嶺は見に来てくれたファンたちをガッカリさせないように頑張りなさい」

グラウンドに集まる高嶺目あてらしい女の子たちを指さすと、高嶺の表情に緊張《きんちょう》の色が浮かんだ。隠れモテ男め。

「俺は応援してくれないの？」

少し拗ねたような顔して私を見る秋樹に、驚いて目を見張る。

何、今日はどうしたの。

いつも大人っぽいくせに、甘えたような、なんだか子供みたいな秋樹に、勘《かん》違いしてしまいそうだ。

「お、応援するに決まってるじゃん」

「本当に？」

「ほ、ほんと……う」

一気にのぼせたように顔が熱くなり、戸惑《とまど》いながらそう言った。きっと赤くなっているであろう私の顔を、楽しそうに覗き込む秋樹。

意地悪め。

「くっ」

おかしそうに笑う顔にすらもかわいいなんて思ってしまうんだから、秋樹には敵わない。

どうしてこんなに期待させることばかりするの……？

『応援してくれないの？』って拗ねてみせたと思ったら、戸惑う私の表情を楽しんで。秋樹にしてみればからかっているだけなんだろうけど、私にとってはそんな冗談さえも破壊力《はかい》抜群なのに。

綺麗な二重《ふたえ》のまぶたの奥、その瞳に、私が映っている。

それだけでも秋樹の目が私を捉えていることがうれしくて、幸せで、でもその反面届かない想いが切なくて、こんなに胸が苦しくなるのに。

「ば、ばか……」

もっと勢いよく怒ってやるつもりだったのに。

なんだよって、冗談には冗談で返すつもりだったのに。
発した声は予想外に情けなくて、小さかった。
「っ……」
途端《とたん》に顔を背けて、そっぽを向いてしまった秋樹が、横を向いたまま。
「ごめん、調子乗った」
なんて謝ってくるから、また怒れなくなっちゃうじゃないか。
「……頑張って」
コートに向かう秋樹の華奢《きゃしゃ》なようで意外と男らしい広い背中に、小さくつぶやいた。
まだ鳴りやまない心臓は、水の中にいるときみたいに私の呼吸を邪魔《じゃま》する。
……ずるいなあ、私だって。
私だって秋樹を溺れさせたいのに。
秋樹は私のことどう思ってるんだろうとか、余計な期待ばかりしてしまうじゃないか。
ただ、からかっただけ。
コウでもやりそうなことだ。
相手がコウだったらきっと、こんなに戸惑ったりしないのに。
笑顔で「頑張ってねダーリン」くらいの冗談を言って返してやるのに。

秋樹だとそれができないのは、どうしてなんだろう。

いや、理由なんてわかりきった話だけれど。

……冗談を間に受けるような、つまらない子だって、思わないでよ。

お願いだから、嫌《きら》わないでよ。

秋樹といるときはいつだって、いつもの明るい私でいられないんだから。


サッカーも、無事に一回戦は勝ち進んだ。

高嶺がたくさんゴールを決めて、女の子の視線を独り占《じ》めした感じ。

秋樹は、あんなことを言ったくせに、そこまで目立つことはしていなかったけれど。

それでも普段見慣れない走る秋樹の姿は、私には一番キラキラして見えた。

「どの種目も一回戦突破《とっぱ》おめでとう！　この調子で優勝目指しましょーう！」

午後の分の気合入れをして、みんなから「おー！」って言ってもらって。

教室に戻っていつもの五人でお昼ご飯のお弁当を食べ始めると、隣のクラスの男の子が私たちの輪に近づいてきた。

去年同じクラスだった、中谷《なかたに》だ。

いつも私のことをからかってばかりだったけれど、なんだかんだいっていいヤツだっていうのはわかってる。

「有沢」

「どうしたの、中谷？」

お弁当のミートボールを一口で食べながら聞き返したら、中谷が思いのほか真剣な顔をしていたから慌てて飲み込む。

「ちょっと、いい？」

なんだか改まった空気を不思議に思いながらも、中谷のあとをついていく。

クラスが変わってからも廊下《ろうか》で会ったらみんなでしゃべったりしていたけれど、こうしてふたりで話すのは久しぶりだ。

「あの、さ」

人けのない廊下でやっと立ち止まった中谷が、ゆっくりと振り返る。

「俺、有沢のことずっと好きだったんだ」

思いもよらない言葉に、驚いて目を見張る。

からかっているのかと疑うこともできないくらい、真剣な瞳だったから。

「元気で明るくて、そういうところがかわいいと思ってた」

初めて知った中谷の気持ちに、何も言えずに見つめ返す。

「よかったら、俺と付き合って」

「え……と、」

「返事は、明日聞かせてほしい」

とにかく何か言おうとした私をさえぎって、走り去ってしまった中谷。

あまりに想定外のことにびっくりして、心臓がバクバクしている。

初めて受ける愛の告白。

ああ、それなのに。

頭に浮かぶのは、いつだって――。

誰もいない廊下を見つめて、しばらくその場に立ったまま動けずにいた。

結局、教室に戻ったときには昼休みが終わってしまっていて。

半分以上残ったお弁当を、あとで食べようとバッグにしまって外に出る。

午前はバレーの試合に出て、ひとり足りなくなったバスケの試合に代理で出て、さすがに疲れたしお腹も空いてしまった。

やっぱりいったん教室に帰って、お弁当を食べてもいいかなあ、と思っていた矢先。

「あ、有沢！　ちょうどよかった。俺今から試合出ないといけないんだけど、実行委員の審判の当番とかぶってるんだよね……。女子サッカーの審判、代わってもらえたりしない？」

同じく実行委員の男子に言われて、それは大変だと二つ返事で引き受けた。

私も実行委員だし、サッカーのルールもわかるし。

お弁当はあとでいいや！と思って、審判のブザーを受け取ろうとすると。

「それ、俺がやってもいい？」

急に後ろからかけられた声に、驚いて振り向く。

「お、アッキーじゃん。やってくれるの？」

「ああ」

「じゃあ、どっちか頼《たの》むわ。ごめんな、あとでアイスでもおごるから！」

試合の時間が近いからと、謝って走っていってしまった。

秋樹とふたり残されて、私より高い位置にある綺麗な横顔を見上げる。

サッカーをしたからか、朝より少しだけ乱れてくしゃっとした髪が、余計かっこよく見えるのは私のひいき目なんだろうか。

「審判、私やるよ？」

「いいから芹奈はご飯食べてきなよ」

「え……」

私の手から、ブザーを取って。

「全然食べてないだろ」

優しくそんなこと言うから、不意に泣きそうになった。

なんでだろう、全然悲しくないのに。

秋樹はちょうど私と入れ違いで教室を出ていったのに、私のこと、気にしてくれていたんだ。

私がお昼ご飯を食べられていないことを心配してくれた。

審判を引き受けようとしていた私に気づいて、代わりに来てくれた。

それは別に私だけに特別優しいわけじゃなくて、秋樹の親切心からなのかもしれないけれど。

それでも、そういうところが素敵だと思うし、まぶしく感じる。

どうしたって、私のことを見ていたんだって、私だから特別なんだって、期待してしまう自分がいる。

「ありがとう……」

「気にすんな」

いつも意地悪言うくせに。

こんなに優しい顔するの、ずるい。

いつも余裕で大人なの、ずるい。

私ばっかりこんなに溺れさせるの、ずるい。

せっかく秋樹がくれた時間だから、走って教室に戻ってお弁当箱を開く。

半分以上残ったご飯とおかず。

誰もいない教室でひとりでいるのは、少し寂しいなあ、と思っていると。

——ガラッ。

突然《とつぜん》開いたドアの音に驚いて、箸《はし》に持っていたエビフライの最後のひと口を、お弁当箱の上に落とした。

箱の上でよかった、まだ食べられる。

「柊香、どうしたの？」

ドアの前に立つ柊香は、いつもは下ろしている黒髪ロングヘアーを、今日は高めの位置でポニーテールにしている。

なんだかすごくかわいく見えるし、きっとこれがギャップ萌《も》えってやつなんだろう。

「芹奈がひとりでお弁当食べてるから、暇《ひま》ならしゃべりに行ってやれば、って」

言われたの、とクスクス笑いながら、私の前の秋樹の席に座る柊香。

「え、誰に……」

「アッキー。芹奈のことに関して過保護すぎるよね、本当に」

ふふ、と笑う柊香と、顔が赤くなる私。

そんなことまで心配してくれなくても、大丈夫なのに。

私、ひとりでご飯も食べられないような弱虫じゃないのに。

……だけど寂しかったのは事実だし、こうして柊香がここに来て、話相手をしてくれることがうれしいのも本当。

持っていたスポーツドリンクを一口飲んで、私のほうを見る柊香。

「中谷とは、どうするの？」

どうするの、っていうのは、告白の返事のことだろう。

あんな呼び出され方をしたんだから、きっとみんな気づいてる。

「……断ろうと、思ってる」

「そっか。……卒業前だから多いよね、こういうの」

「そうだね、高嶺とかね」

「あんなにモテるの、びっくりしたよね」

「あはは、本当」

他愛のない話をしていると、柊香が急に真剣な顔になって窓の外に目を向けた。

私もつられてその視線の先をたどると、そこには秋樹と高嶺とコウの三人がふざけ合って笑っている姿。

「……芹奈は、どうするの？」

「どうって……」

「自分の気持ち、伝えないの？」

その言葉に、何か言おうとしたけれど、何も出てこなかった。

それは私だってここ数ヶ月……いや、秋樹に出会った一年前からずっと考えていたことだから。

溢れるくらい苦しくて、切なくて、優しくて、温かいこの気持ちを伝えるのか、このまま胸の奥にしまっておくのか。

もう本人にぶつけてしまいたくなるくらいに溢れてしまいそうなこともあったし、絶対に一生、誰にも言わないって閉じ込めたこともあった。

伝えたいって思って、だけどこの関係を壊《こわ》すのが怖くて、そもそもきみがどんな顔をするのか、想像しただけで怖くなって。

またいつか、ってあと回しにして、いつの間にかもう卒業六日前まできてしまって。

本当はずっと、悩《なや》んでいる。

「……柊香は、言うの？」

柊香は少し驚いた顔をして、

「気づいてたの？」

ってこっちを見た。

「さっき、もしかしたら、って」

「ああ……そっか、」

いつになく真面目《まじめ》な顔で、だけど少し寂しそうに目を伏《ふ》せて。長いまつ毛が白い肌《はだ》に影を落とす。

視線の先には、秋樹にからかわれでもしたのか、ムキになって言い返しつつも笑っているコウ。

「……言わない」

「え、そうなの？」

「リスクを背負う勇気が、ないから」

この気持ちを、伝えるっていうのは、そういうことだ。

伝えた結果がどうであったにせよ、関係が変わってしまうことは目に見えている。

もしかしたら、五人で今みたいに笑いあえる、この幸せな時間すら失ってしまうかもしれなくて。そんなリスクを背負ってまで、ぶつかる勇気なんてない。

その気持ちは痛いくらいわかったから、私は何も言えなかった。

「でも、それは私が自分で考えて出した答えだから」

「え？」

「芹奈は、言ってもいいんだよ」

「……」

何も言えずにいると、柊香が言葉を続ける。

「芹奈が伝えたとして、それでこの五人の関係が変わったって、いいんだよ。そんなこと気にしてほしくないんだよ」

「柊香……」

「芹奈は芹奈の好きなようにしてほしい。言いたくないっていうのが答えなら、もう何も言わない。だけど迷ってるなら、自分の気持ちだけ考えて答えを出してほしいと思うよ」

いつもみんなでふざけてばかりだったから、柊香とこんな真面目な話をするのは初めてで。

自分の気持ちだけを考える。

そんなこと言ったって、私……。

「私たちはさ、何があってもきっと大丈夫だよ。形が変わっても、少しずつ大人になっても、ずっとこうやって笑っていられる気がする」

「……うん、私もそうしたい」

私とコウが、バカなことを言って騒いで。

それを柊香が冷静に突っ込んで、秋樹が意地悪言ったり突っ込んだりして、高嶺が大人な顔をして見守って。

そんな日常が、何よりの宝物だから。

きっと何十年たっても思い出してはクスリと笑ってしまうような、大事な時間だから。

それと同じように、秋樹の隣で、息が苦しくなって、それでも心の奥がじんわりと温かくなる時間だって大切で。

だからこそ、その両方を手に入れたいなんて欲張りなことばかり考えてしまうんだ。

「……まあ、それだけ。芹奈は単純バカに見えて、人のことばっかり考えて優先しちゃうところあるから、ちょっと気になってたんだ」

余計なお世話だったらごめんね、と照れくさそうに笑う柊香に、うれしくて心の奥があったかくなった。

「……私、そんなところあるかな？」

「あるよ」

「私よりも私のことわかってくれてる人がいるって、幸せだね」

「何かわいいこと言ってるの」

「……だけど単純バカはちょっと言いすぎなんじゃないかな」

「え、それが一番事実でしょう」

ふたり顔を見合わせて、思わず笑った。窓の外からは、みんなの楽しそうな笑い声がかすかに聞こえる。

「柊香も、大人っぽい顔して意外と繊細で子供なところがあるから、たまには何も考えずに突っ走ってもいいと思うよ」

「私が子供だなんて、心外なんだけど」

「私は柊香のこと、柊香よりわかってるからね」

「……ありがとう」

子供な男子たちは外で元気にボール遊びをしているけれど。

私たち女子は、少し照れくさくてとびきり素敵な話をしたよ。

私たちのほうが大人なんじゃない、って笑って、それから、みんなのことがまた一段と、大好きになった。

夏の風と
あの日の後悔

卒業まで、あと五日。

球技大会二日目、つまり最終日。

私は秋樹とふたり、並んで男子バレーの審判をしていた。

もともと私と、もうひとりの委員の子が審判をするはずだったんだけれど、その子が他の試合に出ることになったらしく、困っていたら秋樹が手伝うよって言ってくれたんだ。

ボールがコート内に落ちるたびに、得点板の数字をめくっていく。

「……どうするの？」

ラリーが続くなか、不意に秋樹が口を開いた。

「え、何が？」

ボールがコートに落ちたので、得点板の数字を六から七に変えながら聞き返す。

「告白、されたんでしょ」

その言葉に驚いて、勢いよく顔を上げる。

目の前で繰り広げられるラリーを見つめていた秋樹は、一瞬ちらりと私に視線を移して、また戻した。

そっか。

中谷のこと、柊香も気づいていたんだから秋樹だって気づいているんだろう。

まだ今日は中谷に会えていなくて、昼休みに話しに行こうと思っている。

もちろん、答えは決まっているんだけれど、告白の返事、しかも断るっていう返事を、本人より先に他の人に言うのも気が引ける。

だけど秋樹に、中谷と付き合うって誤解されるのも嫌だ。

そんな葛藤《かっとう》をしていると、得点板の点数を七から八に変えた秋樹が、「……ごめん。何聞いてるんだろ、忘れて」少し寂しそうな、バレバレの作り笑顔でそう言ったから。

私はそれ以上何も言えなくて、バレーの試合に視線を戻した。

得点板一つ挟《はさ》んだこの距離は、隣にいるのになんだか遠くて。

だけど今、この瞬間だけは、世界中の誰よりも秋樹のそばにいるのは私で。

そんな奇跡みたいなことが、うれしくて、そわそわして。

……秋樹は、卒業前に誰かに告白したりするんだろうか。

私が知らないだけで、もう伝えたのかもしれない。

その子は、私の知らない秋樹の進路だって知っているのかもしれない。

私は秋樹と一番仲のいい女の子だって自惚《うぬぼ》れていたけれど、私の知らない秋樹はたしかに存在して、私よりも秋樹を知っている女の子だっているのかもしれない。

秋樹が言いたくないなら進路だって聞かないけれど、なんで言ってくれないんだろう。

進路を伝えるほど大切な友達だとは思ってくれていないのかな。

卒業してからも仲よくしてくれるつもりはないのかな。

……卒業したら私たち、どうなっちゃうんだろう。

今までみたいに、毎日おはようって言えないし。

こんなふうに偶然《ぐうぜん》ふたりきりになるチャンスだってなくなるし。

姿を見ることすら珍しくなるのかもしれない。

同じ高校生だったときにはよく見かけたのに、大学生になって生活リズムや通う場所が変わってから、パッタリと会わなくなった隣の家の先輩なんかを思い出す。

……そんなのは嫌だ。

秋樹とだけは、そうなりたくない。

卒業後、秋樹はどうするのか。

それがわからないから、卒業したら秋樹がふっと消えてしまうようで、遠くに行ってしまうようで、それがどうしようもなく寂しくて、怖い。

「……秋樹こそ」

「え?」

驚いた顔をしてこっちを向く秋樹を横目に、今度は私がバレーの試合を見たままつぶやく。

「何も、教えてくれないじゃん……」

「……何が？」

「なんでもないよ、忘れて」

眉を下げて、少し泣きそうな秋樹の表情。

そんな顔されたら、それ以上何も言えるわけないじゃないか。

そのあと、お互《たが》いに他愛のない話ばかりして、審判が終わって。

次に私の女子バレーの試合があったから、すぐに別れてしまった。

なんでもない話ならできるのに、大切な話をするのってどうしてこんなに難しいんだろう。

こうやって大切なことは何も言えないまま、私たち卒業するのかな。

おもしろい話しをて笑ってるほうが楽で、自分が傷つくかもしれないことは簡単に聞けない、弱虫。

そんな弱さが自分らしくなくて嫌いだ。

審判が終わって自分の試合が始まっても、そんなストレスをぶつけるようにバレーボールをひたすら打ち返していた結果。

「芹奈、今日一段と気合入ってるね」

「すごいよ芹奈、勝ったよ！」

「ありがとう！」

いつの間にか試合は終わっていて、笑顔のみんなに囲まれていた。

私がひたすらモヤモヤした気持ちを吹き飛ばそうと強い力で打っていたボールのおかげで、圧勝したらしい。

結果オーライ。

「へへ、任せて！」

笑顔を作ってピースサイン。

応援してくれていた秋樹にもへらりと笑ってみせた。

そして昼休み。

中谷を人けのない廊下に呼び出して、向かい合う。

気持ちを伝えることが、どれだけ大変なことか知ってる。

人を想うことが、人に想われることが、どれだけ大切なことか知ってる。

だからこそ、私も緊張した。

「……ごめん、好きな人がいるの」

まっすぐ中谷の瞳を見れば、寂しそうに笑った。

「……うん、わかってた」

「でも、好きになってくれてありがとう。本当にうれしい」

「うん、聞いてくれてありがとう」

私がうつむいたら。

「そんな顔すんなって。有沢は笑ってないと有沢じゃねえよ」

そうやってからかってくるから。

「私そんなにいつもヘラヘラしてない……」

いつも通りにしてくれるのが、優しい。

私もいつも通りにしようと頑張ったけれど、できていたのかわからない。

「じゃあ、また卒業してもみんなで集まったりしような」

「うん、絶対しよう！」

「……お前も頑張れよ。アッキー、意外とモテそうじゃん？」

中谷の言葉に、目を見張る。

「な、なんで知って……」

「見てたらわかるっつの」

「ええ……」

「……俺、同じクラスだったとき、有沢のことからかってばっかりだったけどさ。自信持てよ。お前、意外といい女だから」

「い、意外と……」

「そう、意外と」

最後まで笑って去っていった中谷に、ありがとう、とまた小さくつぶやいた。

私、そんなにわかりやすいのかな。

他のクラスの中谷にすらバレてしまうってことは、もしかしたら私の気持ちなんて本人にもバレバレだったりして。どうしよう、怖い！

そんなことを考えながら、お弁当を食べに教室に戻った。

そして午後は決勝戦があって、私たちのクラスは女子バレーと男子バスケが優勝、女子バスケも準優勝という大盛り上がりの結果に終わった。

まだ他の種目は試合をしているんだけれど、私たちのクラスの試合はもう終わってしまったので、学校の終わる時間まで自由だ。

他のクラスの決勝を見に行ったり、教室でおしゃべりしたり。

私はなんとなくひとりになりたくて、校庭とは反対側のプールのほうに来ている。

この前水泳部が掃除《そうじ》をしていたから、まだ水は入っていないものの綺麗なプールサイド。

ベンチに座って、真っ青な空を見上げた。

ここに来ると、いつも思い出す。

思い出しては、ぎゅっと胸が苦しくなって、それから甘酸っぱくてキュンとした気持ちが溢れる。

もしもあの日、あの瞬間に戻れたとしたら。

今の私はどうするかなって。

どうするのが正解だったのかなんて、今となってはなんの意味もないことばかり考えてしまう。

ねえ、秋樹。

あのとき、秋樹は何を考えていたの――?

＊＊＊

それは去年の、夏休み前日。

〝3〟ばかりの微妙《びみょう》な成績表と、第一志望の判定がDの模試《もし》の結果を受け取って。

『受験生に夏休みはないんだから、しっかり勉強するんだぞ』

厳しい先生の言葉にしょんぼりして。

隣の席にいる秋樹の横顔を見て、夏休みになったら毎日は会えないのか、って寂しくなったりしていたとき。

『芹奈』

『わっ』

突然声をかけられて、慌てて成績表をくしゃりとたたんで隠す。

顔を上げたら長袖《ながそで》の白いシャツをまくって、暑いからかいつもよりネクタイをゆるめた秋樹がいた。

『……写真撮るの、付き合ってくれない？』

少し迷ってから口を開いた秋樹に、二つ返事でオーケーした。

『いいの⁉』

『うん、芹奈さえよければ』

秋樹が本格的に写真を撮っているのをこんなに近くで独り占めしたのは、このときが初めてで。

……というか、今になって思えばこのときが最初で最後だったわけなんだけれど。

受験生だから、模試の結果がよくなかったから。

勉強したほうがいいかなって思っていたけど、今日だけは休憩《きゅうけい》。

だって明日から夏休みだし。

それに何よりこんなチャンス、二度とないかもしれないから。

『カメラ貸すから、芹奈も撮らない？』

『え、いいの？』

『もちろん』

私は芸術とかわからないから、こんなしっかりしたカメラを持ったことすらないいんだけれど。

だけど、魔法みたいにキラキラな秋樹の写真が生まれる瞬間を、見てみたくて。

終了式が終わり、お昼前なのに人の少なくなった学校の中をふたりで並んで歩いた。

『芹奈、ちょっとモデルやってよ』

『え、わ、私が……？』

『後ろ姿だけでいいんだけど……ダメ？』

そんなふうに首をかしげられたら、断れるわけがない。

しかも、キラキラした秋樹の写真の中に入れるだなんて、うれしい。

『やりたい！』

『よし、じゃあ屋上で』

『屋上って入れるの？』

『この前も写真撮りたいって言ったら開けてもらえたから、たぶん平気』

秋樹の言う通りで、先生は『またすごいの期待してるぞ！』と言いながら普段は施錠してある屋上の鍵を渡してくれた。

『なんかドキドキするね』

『なかなか入れないもんな』

『冒険してるみたい！』

本当は別に、屋上じゃなくても。

秋樹とふたりならどこだってドキドキするし、いつもの道ですら冒険みたいにワクワクするけれど。

いつもは上がらない、四階よりも上の階段を上る。

私より三段上にいる秋樹の背中は、綺麗にシワの伸びた真っ白なワイシャツで覆われている。

少し跳ねた襟足がなんだかかわいいな、って少し頬がゆるんだりもした。

吹奏楽部《すいそうがく》の楽器の音とか、野球部のかけ声とか。

そんな音が遠くから聞こえて、でもこの空間はふたりきりで静かで。

階段を上るふたりの足音だけがやけに大きく響くから、少し緊張してしまう。

『ねえ、秋樹』

『んー？』

少し錆《さ》びた重いドアをゆっくり開けながら、秋樹が少し気の抜けた返事をする。

『……なんでもない』

『はは、なんだよ』

ギイ、と音を立てて開いた、重くて冷たいドア。

同時に吹き込んでくる、真夏のカラッとした空気と、爽《さわ》やかな風。

その向こうには、真っ青な空と白い柵。

『わあ、気持ちいい！』

思わず声を上げて、柵まで歩いて下の景色を眺めた。

涼《すず》しい透明《とうめい》な風が秋樹の黒い髪を揺《ゆ》らして、私の髪も一緒に揺れる。

たったそれだけのことが幸せで、宝物みたいで、この空気すら忘れたくないと息を大きく吸い込んだ。

『どんなポーズすればいいの？』

秋樹の写真のモデルなんて私に務まるのか不安だけれど、モデルって響きがなんだかかっこよくてウキウキしていると。

『これで好きに遊んでて』

秋樹が鞄の中から取り出したのは、小学校低学年以来久しぶりに見た、シャボン玉のセット。

『え……シャボン玉？』

『そう』

なんか、子供扱いされてる？

と思ったのもつかの間、いざ袋を開けてストローでシャボン玉を吹いてみたら、予想以上に楽しくて。

真っ青な空にふわふわと浮かぶ、虹色のシャボン玉たち。

太陽の光を反射して、ピンクや水色、黄色、いろんな色に輝く小さな丸。

『ねえ、見て、綺麗！』

そのシャボン玉の向こうには雲一つない空がすけて見える。

なんて綺麗なんだろう。

はしゃぐ私を見て、秋樹は楽しそうに笑いながらカメラを覗き込む。

カシャ、カシャ、というシャッター音に最初は少し緊張したけれど、秋樹がいつも通り自然にしゃべってくれるからすぐに気にならなくなった。

『シャボン玉ってこんなに綺麗だったんだね』

『……キラキラしてて、まぶしくて、でも触れようとしたら消えちゃうんだよな』

シャッターを切りながらそうつぶやく秋樹は、少し寂しそうな顔をした。

『それってなんか切ないいね』

『うん』

しばらく黙ってから、秋樹はポツリとつぶやいた。

『……芹奈ってシャボン玉みたいだよね』

『え……どういうこと？』

『俺にはそう見える』

秋樹の言った言葉の意味は、よくわからなくて。

だけどそれっきり秋樹がその話題をやめてしまったから、私もそれ以上追求することはなかった。

青空の下で、キラキラ光るシャボン玉の中で、ふたりでしゃべって。

魔法みたいに、いつもの場所が特別な場所に変わる。秋樹のカメラの中に私がいる。

今、秋樹の目に私は、どんなふうに映っているんだろうか。

秋樹の世界に入れた私は、ちゃんとキラキラしているんだろうか。

『……うん、ありがとう。いいのが撮れた』

『本当？　見たい！』

『今度ね』

『えー？』

『……これ、コンテストとか出してもいい？』

『え、私でいいの？』

『芹奈がよければ……』

『全然いい！　うれしい！』

『そっか、ありがとう』

屋上の鍵を閉めて、階段を下りて。

私がプールの写真とか撮ってみたい、って提案したから、プールに向かった。

『勝手に入って平気かな？』

『まあ大丈夫だろ』

誰もいないプールサイドに忍び込むと、太陽の光がキラキラと水面に映る。

一日中太陽に照らされているプールサイドは、裸足《はだし》だと暑すぎて足の裏が痛いくらいだ。

夏休み直前の昼間。

どうしてもこの暑さと、目の前の冷たい水の誘惑《ゆうわく》に勝てずに、顔を見合わせる。

結局プールサイドに座って、足先だけ水につけると、ひんやりして気持ちいい。

人がひとり入れるか入れないかくらいの、微妙な距離感。

もう少しだけ近づきたいけれど、その一歩が踏《ふ》み出せない。

手を伸ばせば届くくらいの距離で、並んで話す。

『志望校の判定、よくなかったんだよね……』

足を小さくパシャパシャさせながら小さな声でつぶやくと、同じく足に水を絡ませながら聞いてくれる秋樹。

『まあ、これからだろ』

『半年後にはセンター試験の問題も解けるようになってるのかなぁ』

『芹奈はやるときはやるし、大丈夫だと思うけど』

『……なんか秋樹に言われると、大丈夫な気がしてくるね』

『それはよかった』

ジリジリと照りつける太陽。

パシャパシャ、涼しげな水の音。

右隣の秋樹の横顔を見たいけれど、振り向いて目が合ったらどうしようって緊張して、なかなか視線を動かせなくて。

『……そうだ、ふたりで写真撮ろうよ』

秋樹はいつも写真を撮るほうだから、秋樹の写真ってなかなかレアで。

さっきだって私のことばかり撮っていたから、秋樹の写真は撮っていないはず。

『いや、俺はいいって』

『私が撮りたいから撮るの！』

秋樹のカメラを借りたけれど、自分の写真を恥ずかしがるから、仕方なく私たちの後ろにカメラを置いてセルフタイマー。

ふたりでプールサイドに並ぶ背中を撮ってみた。

カメラをチェックしてみたら、楽しそうに笑うふたりの後ろ姿。

『青春ぽい！』

『はは、本当だ』

『この写真、現像したらちょうだい！』

『ん、持ってくるわ』

写真を撮り終わったから、もう帰っちゃうのかなって思ったけど。

秋樹もプールサイドに座ったままだから、私もまだ帰りたくなくて足をパタパタさせる。

キラキラ、キラキラ光るプールの水面。

この中に、溺れるみたいに。

この上にゆらゆら、浮かぶみたいに。

秋樹を見ていると、そんな気持ちになる。

苦しくて息が詰まりそうで。

ドキドキしてまぶしくて。

それでも触れたくて、手を伸ばす。

水の中から空を見上げたみたいな、まぶしさと苦しさ。

それだけじゃなくて、ふわふわの幸せも。

全部全部、秋樹が隣にいるってそれだけで。

私にとっての秋樹は、水面越しの太陽で。

いつも私を助けてくれて、いつも大人で落ちついていて。

憧れるけれど、私とは正反対。

だけどそこが、そういうところが、私は……。

『……俺たちさ』

『うん』

『来年も変わらずにいられるかな』

少し寂しそうに、水面を見つめる秋樹の横顔は、なんだか少し遠くに感じて。

『……変わらないよ、きっと』

来年なんて、きっとすぐで。

まばたきするくらい、息をするくらいあっという間に過ぎていく毎日のなかで、一年なんてそんなもので。

私たちだってずっとこのまま子供でいられるわけなくて、きっといつかは変わってしまうときがくるんだろう。

だけどこの時間を幸せだって、宝物だって思う私の気持ちは。

『変わらないよ、絶対』

眉を下げて、少し切なげに笑う秋樹。

その顔が綺麗で、目が離せなくて。

ゆっくり、近づいた秋樹の顔。

時間が止まったみたいに、息をするのも忘れて。

どきん、どきん、と心臓の音だけが頭の中に大きく反響《はんきょう》する。

水に濡《ぬ》れた足が風にあたって、ひんやりした。

あと、数センチ。

触れそうになった唇に、思わず『……え』と声が漏《も》れた。

すると、パッと離れた秋樹の顔。

『っ、ごめん』

慌てたような秋樹の声に、何が起きていたのか理解した瞬間、急に熱くなる頬。

ドクンドクンと脈打つ音が、頭に響く。ジリジリ照りつける太陽が、クラクラするくらい暑かった。

『……帰ろうか。今日はありがとう』

何ごともなかったみたいに、立ち上がるから。

『ううん、楽しかった』

私も何もなかったみたいに、それに続いた。
少し前を歩く秋樹の背中に。
手を伸ばそうとして、声をかけようとして。
でも勇気が出なくて、手を引っ込めて、言葉をのみ込んで。

＊＊＊

ねえ、秋樹。
あのとき私に、キスしようとしたの？
ねえ、秋樹。
あのとき私が声を出さなければ。
きみが我に返らなければ。
私、きみとキスができたのかな。
私たち、何か変わっていたのかな。

それから、すぐに夏休みに入ってしまって。
何度も五人で集まって図書館で勉強したけれど、ふたりきりになることは全然なくて。

秋樹も私も、あのことにはいっさい触れずに春になってしまった。

ねえ、私今でも思ってるよ。

あのとき、きみとキスがしたかったって。

「有沢、ここにいたのかよ！」

突然呼ばれた名前に驚いて振り返ると、ジャージ姿のコウがいた。

懐かしいことを思い出してたら、ぼーっとしたまま時間がたっていたらしい。

なかなか教室に戻らない私を、みんなで捜《さが》してくれていたみたいだ。

「みんな捜してるから、早く行こうぜ」

白い歯を出してニカッと笑うコウに連れられて、教室に向かう。

「……ねえ、コウ」

「ん？」

「後悔《こうかい》してることって、ある？」

「……何、高校生活で？」

「そう」

「……あるよ」

少し歩幅をゆるめてそう答えたコウに、少し驚いた。

「コウでもそんなことあるんだ?」

「なんだよ、有沢だって俺と同じくらい能天気だろ」

「そうだけど……」

「お前だって一つくらいあんだろ、後悔してること」

「……うん、ある」

あるよ。

私、すごく後悔してるよ。

あのときキスしなかったことも。

あの腕をつかまなかったことも。

何も聞けなかったことも、全部。

「コウは何を後悔してるの?」

コウの顔を覗き込むようにして聞く。

「もっと勉強しておけばよかったなあ、と」

「ええ、そんなこと?」

「大事なことだろ」

少し拗ねたみたいな顔をするコウ。

「ていうかコウ、勉強したくないっていつも言ってたじゃん」

「はは、バレた？」

なんだかうまくはぐらかされた気がする。

きっとコウの本当の後悔はこれじゃないって、そんな気がした。

「有沢の後悔はなんなんだよ？」

「……私ももっと勉強すればよかった！」

「それ俺のだろ、真似すんなよ」

あはは、って笑いながら教室に向かう。

きっと誰もが、それぞれの後悔を抱えているんだろう。

長いようで、短すぎるこの三年間のなかで。

それぞれに悩んで、迷って、弱くて、進めなくて、あきらめたり、捨てたりして。

ああすればよかった、こうしたかったって、今になってぐるぐる考えたって、現状は何も変わらなくて。

「空って広いねぇ」

廊下を歩きながらふと窓の外を見て、そうつぶやけば。

「広すぎて迷子になりそう」

ふざけたみたいに笑いながらコウが答えた。

うん、そうだね。

広すぎて、私たちに見えているのはほんの一部で。
もっと違うところからも空は見えるはずなのに、自分の視界に入るのはたった少し。
この広い広い世界の中で、この狭い狭い自分の視界で。
本当に、迷子になってしまいそうだ。

変わらないもの、
変わりゆくもの

卒業まで、あと四日。

日に日に数字を減らしてきた黒板の横のプレートに書かれたカウントダウンが、ついにここまできてしまった。

いよいよ〝卒業〟の二文字が目を逸らせないほど近くまで迫っているだなんて、寂しくて仕方ない。

「ねえ、見てこの写真。覚えてる？」

今日は卒業前だけど登校日で、授業はない。

午前中にロングホームルームをするだけだ。

先生の指示通り、もうすぐ後輩の物になる教室の片づけをする。

といってもロッカーのネームシールをはがしたり、置きっぱなしだった教科書なんかを整理するのもすぐに終わってしまい、みんなそれぞれに席を移動してしゃべっている一時間目。

私たちも五人で集まっておしゃべりしていたら、柊香がスマホのカメラロールから懐かしい写真を見つけた。

まだ少しぎこちない私たちの距離感。

五人全員同じ、キャラメル色のカーディガン。

席替えをして、席が近くになったばかりの春の写真。

たしか、私と秋樹が隣同士の席で、その一つ前に高嶺と柊香、そして秋樹の後ろにコウが座っていたんだっけ。

『あれ、今日みんな同じ色のカーディガンだね』

私たちの学校は、校則がそこまで厳しくないから、カーディガンの色は自由だった。そのため、席の近い五人がみんな同じ色のカーディガンを着ている光景はわりと珍しくて。

だから思わず、私が声をかけた。

『本当だ』

『はは、すごい偶然』

そこから、せっかくだから写真撮ろうよ、という流れになって。

今まであまりしゃべったことのなかった四人と、これを機によくしゃべるようになって。

そうしたらすごく話が弾《はず》んで、席替えしてもよく集まるようになって。

だんだんと、放課後や休日も一緒に遊ぶようになったんだ。

懐かしいね、と笑いながら、カメラロールをスクロールして昔の写真を見る。

体育祭で、学年一位になったときの写真。

走ったあとでみんな髪はぐちゃぐちゃだし汗《あせ》もかいているけれど、最高に楽しそうな笑顔。

　遠足で、鎌倉《かまくら》に行ったときの写真。

　それぞれの誕生日を祝ったときの写真。

　文化祭で男装女装したときの写真。

　そしてなんでもない日常の写真。

　一枚見るたびにそのときのことを鮮明に思い出して、そのとき起こったおもしろかったことを言い合って笑って。

　そしてふと、寂しくなる。

　こうやって笑いあえるのも。

　くだらないけれど幸せな日常も。

　たったの四日で終わってしまうだなんて。

　いつまでも、コウとバカみたいに騒いでいたい。

　いつまでも、柊香と高嶺にあきれた顔で笑ってほしい。

　いつまでも、いつまでも。

　秋樹にとって、一番仲のいい女の子でいたい。

　……ていうか、そもそも。

　秋樹と一番仲がいいのは私だって、勝手にそう思っていたけれど。

そうじゃなかったのかも、しれないなぁ。

秋樹の進路を知らないのが、何よりの証拠《しょうこ》だ。

他のみんなは、知っているのかもしれない。

だけど誰かに聞いてみようとは思わない。

秋樹の口から言ってくれるまで、聞きたくないから。

秋樹が私に教えるつもりがあるのか、わからないけれど……。

このまま、卒業して。

何も知らないまま、私は大学生になって。

それぞれ別の道に進んで。

そのままふらっと、秋樹がいなくなってしまうような気がして。

そんなの絶対嫌なのに。

……なんで、教えてくれないんだろう。

ねえ、秋樹。

私たちあと四日で、卒業しちゃうんだよ。

ねえ、秋樹。

きみにとって私は、その程度の存在だったのかな。私はきみのいない世界なんて、想像もできないのに。

そんなことを考えながらもみんなと思い出話に花を咲《さ》かせていたら、あっという間に一時間目終了のチャイムが鳴った。

楽しかったからか、まだしゃべり始めて十分くらいしかたっていないような気がしていたけれど、時間がたつのは早い。

「次もロングホームルームだよね。何するんだっけ？」

「なんか、卒業前に書いておかなきゃいけない書類があるらしいよ。進路のこととか」

高嶺の、「進路のこと」という言葉に少しドキリとして、ちらりと秋樹を盗《ぬす》み見た。

だけど秋樹はさっきと変わらず、開いた手帳を見つめている。なんだか最近、秋樹は手帳をよく開いているような気がする。まあ、癖《くせ》なのかもしれないけれど。何か、大切な予定でもあるのかな。不思議に思いながらも秋樹の横顔を見つめていると、私の視線に気づいた秋樹が顔を上げてこっちを向いた。少し決まりの悪そうな顔をして、眉を下げて笑ってみせた秋樹。

「どうかした？」

そっちこそ。進路、どうするの？

喉《のど》まで出かかった言葉をのみ込んで、なんでもない、と笑った。

「あー、喉渇《かわ》いたから飲み物買ってくるわ」

私たちとしゃべりながらも片手でゲームをしていたスマホをポケットに入れて、コウが立ち上がる。なんのゲームをしているのか、前に聞いたけれど忘れてしまった。何か戦う感じのゲームだった気がする。

「私も行く」

続いて立ち上がった柊香。

「俺ついでに買ってくるよ。何がいい？」

「いいの、私も買いに行きたい」

「そう。じゃあ行こう」

そんな会話をしながらふたりが教室を出ていったので、私と秋樹と高嶺が教室に残る。

「ねえ、夏になったらみんなで海行こうよ」

「いいね、行こう」

「受験生だったから全然遊べなかったもんね。遊園地とかも行きたいなぁ……あ、卒業旅行もしたい！」

「楽しそうじゃん」

盛り上がる私と高嶺。

それを優しく笑って見ている秋樹。

「秋樹も行くんだからね？」

「え……ああ、楽しみだね」

どこか他人ごとみたいな秋樹に、少し寂しくなってしまったのは内緒だ。


「……あれ、柊香とコウ遅《おそ》くない？」

休み時間も終わり、もうすぐ次のロングホームルームが始まってしまうのに、飲み物を買いに行ったはずの柊香とコウが戻ってこない。

「寄り道でもしてるんじゃない？」

「うーん、そうかなぁ」

先生がまだ来ていないからいいものの、しっかり者の柊香が時間に遅《おく》れるなんて珍しい。コウはよく遅刻《ちこく》していたけれど。

と、チャイムが鳴って少ししてから、コウが教室に戻ってきた。

「あれ、柊香は一緒じゃないの？」

「……どうしよう、なんか怒らせたかも」

私たちのところに来て、落ち込んだ様子のコウ。

「……怒らせたっていうか、泣かせたかも」

「え……？」

「え、何があったの？」

「わかんねえ……。普通にしゃべってたら、急に泣きそうな顔して『コウのバカ』って言って、走ってどっか行っちゃった」

コウの言葉に、私たち三人は顔を見合わせる。

幸いにもまだ担任の先生は来ていない。

「……とりあえず、行こう！」

先生に見つかる前にと、バタバタと教室を出て、屋上につながる階段に向かう。

立ち入り禁止の屋上につながる階段は、人がいないから秘密の話をするには意外と穴場だ。

「柊香が泣くなんて、相当だよ。何したの、コウ？」

「いや、本当、どこに怒ったのかわかんねーんだって……」

眉を下げて困った顔をするコウは、本当に心当たりがないらしい。

うーん、と四人で頭をひねる。

「とりあえず私、柊香のこと捜してくる！」

「俺も行く……」

「こういうのは女の子同士のほうがいいの！　男子たちはここで待ってて」

一緒に来ようとするコウを止めて、立ち上がった。

コウと柊香。

その組み合わせから、なんだか少し嫌な予感がしたから。

三人を残して階段を駆け下りる。

もう授業は始まっている。

そんななかで、見つからずにサボれる場所なんてそんなに多くないはずで。

空き教室を手あたり次第に捜せば見つかるかな、と思って、授業中の先生たちに見つからないように静かに廊下を歩く。

「……あ」

と、廊下の窓から見えた中庭のベンチに、見覚えのある黒髪ロング。

急いで中庭に出ると、ベンチに座っていた柊香が驚いたように顔を上げた。

「芹奈……」

「……どうしたの？」

柊香の目は少し赤くなっていて、泣いていたことがわかった。

そっと柊香の隣に座り、口を開く。

「……うん、なんていうか……」

少しうつむいたまま、小さな声でしゃべり始める。

「私、芹奈に言ったよね。関係を壊すのが怖いから、告白しないって」

「うん」

「でもやっぱり私、思ってたよりもずっと、コウの特別になりたかったみたい……」

ポツリとそう言った柊香は顔を上げると、少し寂しそうに微笑《ほほえ》んだ。

「コウにね、言われたんだ。高嶺のこと好きなの？って」

「……え」

好きな人に、他の人が好きだと思われてしまう。それがどれだけ切ないことなのか。柊香の目に溜まった涙《なみだ》がそれを物語っている。

「『ふたりとも大人っぽくてお似合いだから、きっとうまくいくよ』って言われちゃった」

「……」

なんて声をかけたらいいのかわからなくて、黙ってうつむく。

きっとコウには悪気なんかなくて、ただ思ったことを言っただけなんだろう。コウは柊香の気持ちに気づいていないはずだから。

でも、コウからその言葉を言われることが、柊香にとっては一番ショックだったに違いない。

「っ……コウにだけは、言われたくなかったなぁ」

柊香の真っ白な頬を、ひと筋の涙が伝った。

春の暖かいけれど少し冷たい風が、私たちの髪を揺らす。

「泣いて逃《に》げてきちゃったし、結局関係も壊しちゃうかもしれない……」

「そんなこと……」

「友達でもいいから、恋人《こいびと》じゃなくてもいいから、それでもずっとそばにいたかったんだぁ……」

その気持ちは、私にだって痛いほどわかった。

気持ちを伝えて、恋人になれたらいいけれど。

もしなれなかったら、そのまま友達ですらいられなくなるかもしれない。

友達じゃなくなって、卒業までしてしまったら、会えることなんてそうそうない。

そんなことになるくらいだったら、この気持ちは胸の奥に閉じ込めて。

友達のままで、卒業してからも五人で笑って、だってそのほうがずっと幸せだから。

……だけど時々、どうしようもなく、抑《おさ》えておけないことがある。

溢れてしまうことがある。

「どうしてコウなの？」

それはずっと疑問だった。

コウがそう思っていたように私も、柊香は高嶺と付き合うようになるんじゃないかと思っていたから。

大人っぽくて、しっかり者のふたりはすごくお似合いで、話も合って。

だからこそ正反対の明るくて単純なコウと柊香の組み合わせは、あまり考えたことがなかったかもしれない。

「……コウってさ、単純でしょ」

「うん」

「私と正反対だから、本当はコウのそういうところに救われてたんだ」

あまりにも愛おしそうな顔で、コウの話をするから。

柊香の気持ちが、苦しいくらい伝わってきたから。

「私が悩んでるときもね、コウが笑い飛ばしてくれると、悩んでることの小ささに気づけるんだ。なんとかなるんじゃないかなって、自信がわいてくるんだ。……コウはいつも、無意識のうちに、一歩踏み出す勇気をくれるの」

「そっか……」

「それは芹奈も同じだけどね。芹奈も見てると元気をもらえるよ」

「……なんかちょっと複雑だけどうれしいよ」

少しの沈黙のあと、私が口を開いた。

「……伝えたらいいのに」

「でも私……五人でいる時間が何より大切だから……どうしても、壊すのが怖いの」

寂しそうな顔をする柊香に、まだ迷いがあるのは明白だ。

きっと、もう涙になって溢れてきてしまうくらい、コウへの想いは積もっているんだろう。

だけどきっと、優しい柊香は高嶺の気持ちも知っているから。

だからこそ、人を傷つけてまで、この関係を壊してまで、自分の思いを優先することができなくて、一歩踏み出すことができずにいる。

なんて声をかけていいかわからなくて、黙ったまま柊香と並んで、中庭の、やっと咲き始めた薄ピンク色の桜を見つめる。

「……柊香」

後ろから聞こえた声に、ふたりで驚いて振り返る。

「たか、みね」

慌てて立ち上がった柊香につられて、そっとベンチから立つ。

高嶺はまっすぐに柊香の目を見つめて。覚悟《かくご》したように息を吐《は》いて。

「俺、柊香が好きだよ」

私たち三人しかいない、静かな中庭。

息が詰まるほど長い時間だった気もするし、まばたきくらい一瞬だった気もする。

「……そんなことで、友達じゃなくなったりしねえよ。バカにすんな」

いつも、大人で、穏《おだ》やかで、優しくて。

そんな高嶺が、少し口調を荒《あら》らげた。

「俺は柊香の、大人ぶってるけど本当は弱いところも、心配性なところも、周りのことを見て気が使えるところも、優しすぎるところも、全部好きだよ」

「っ……」

「でも、悔しいけど。コウといるときの柊香の笑顔が、一番好きなんだ」

「高嶺……」

「行ってこいよ。……壊したのは、俺だから」

眉を下げて、少し寂しそうな笑顔を見せる高嶺。

目元を押さえて、涙をこぼす柊香。

「あとは柊香が勇気を出すだけだよ」

「ありがとう……ありがとう、高嶺」

「……うん」

「そして、ごめんなさい……」

「うん」

行ってくる、と私たちに背を向けた柊香に、「コウ、屋上の前の階段にいるよ」と高嶺が声をかけた。私は高嶺と並んで、走っていく柊香の背中を見送る。

『壊したのは、俺だから』

高嶺の言葉を頭の中で繰り返す。

私たちが友達であることは、五人でいる大切な時間は、壊れたりしない。

だけど私たちの関係は、たしかに変わった。

楽しい話ばかり、他愛ない話ばかりして、大切なことを言えなかった私たち。自分の気持ちに向き合うことで関係を壊すのを恐《おそ》れて、避けてきた私たち。みんながみんな、大事なことだけを言えずに心に閉じ込めて、腫《は》れ物に触《さわ》るみたいに守ってきた私たちの関係は。きっともう、今までとまったく同じ空気には戻れないのかもしれない。

高嶺が柊香を好きなことを、柊香がコウを好きなことを、知ってしまったから。

だけどそれは私たちが大切な友達であることが変わってしまうことにはならないし、むしろこれは必要な変化なのだと思う。

自分の中の、一番大切な感情。こんなに大好きなみんなにすら、打ち明けてこなかった感情。みんな薄々勘づいていたし、この感情を隠し続けたままではいられないこともわかっていた。それぞれの大切な気持ちを隠したままで、本当にいいのか。それを伝えればきっと、私たちはもっと近づける。わかっていたけれど怖くて動けなかった私たちの背中を、柊香の背中を、高嶺は押してくれた。

それは高嶺の優しさで、大人なところで。そして何より、柊香への想いの強さを表していた。

「……高嶺は、すごいね」

「え？」

「かっこよかったよ」

はは、と、切ない表情で笑う高嶺。

「……俺たちの関係が、こんなことで簡単に壊れると思ってるのがムカついたんだよ」

「高嶺でも怒ったりするんだね」

「たまにはね」

そんなことを話していると、もうひとり中庭に出てきた人が。

「アッキー」

高嶺が振り返ったのにつられて昇降口《しょうこうぐち》を見ると、秋樹がいた。

「コウと柊香は？」

「今話してる」

「そっか」

秋樹も来たから、高嶺を真ん中に三人でベンチに座る。

「高嶺は柊香の気持ちわかってたの？」

「……うん、結構前から」

「そうなんだ……」

「意外とわかりやすいよ、柊香」

本当は私だって、わかってる。

柊香だってきっと、わかってたはずだ。

私たちの関係が、そんなにすぐに壊れてしまうものではないってこと。

だけど、それでも、壊すのが怖いと思ってしまうくらい。

それくらい私たちは、みんなでいるのが好きだったんだ。

「高嶺は、ぜーったい素敵な彼女ができるよ！」

「俺もそう思う」

「なんだよ、やめろって」

ふざけて笑っていた高嶺が、急に少し真剣な顔になった。

「……まあ、このくらいで壊れたりしないってことだよ。……アッキーも、有沢も」

そう言ってベンチから立ち上がり、もうすぐチャイムが鳴るから私たちもそれに続いて校舎に戻る。

意味深な高嶺の言葉に、私の心が少し、春の風に揺れた気がした。

「お前ら、受験終わったからってサボるんじゃないぞ」

放課後の職員室。

二時間目のロングホームルームをサボったことがバレて、私たち五人は揃って担任の先生に呼び出されている。

「すみません……」

「ごめんなさい……」

はあ、とあきれたような顔をする先生に、頭を下げる私たち。

うつむく私たちに、先生は仕方ないな、と眉を下げる。

「……で、仲直りできたのか？」

書類をまとめながら聞く先生に、驚く。

「えっ……気づいてたんですか」

「鬱陶《うっとう》しいくらい仲いいお前らが今日、全然しゃべってないだろ」

そう、あれからなんだか気まずくて、ちゃんと話していない。

柊香とコウがどうなったのか聞けないし、向こうも言いづらいみたいだ。

言葉に詰まった私たちを見て、先生は机の中からプリントを取り出した。

「ほら、サボった罰《ばつ》としてこのプリント、四枚ひと組でホッチキスで留めておいてくれ」

渡されたのは、大量のプリント。先生の雑用を押しつけられた気がするけれど、サボってしまった私たちが悪いので、仕方なく教室に向かう。

ちゃんとやるんだぞー、と先生にひらひらと手を振られて、職員室を出た。

「……」

「……やろっか」

うん、とうなずいて、みんなで教室に戻る。

どうしたらいいのかわからない。

高嶺はふたりを前にしてどんな気持ちなのか。

柊香とコウはどうなったのか。

いつもふざけているコウも、何か言おうとしてはやめて、というのを繰り返している。

五人で近くの席に座って、プリントを揃え始める。

「……柊香と付き合うことになった」

しばらくして、沈黙《ちんもく》を破ったのはコウだった。

みんな、プリントをまとめる手を止めて顔を上げる。

「俺が鈍いせいでいろんな人に迷惑《めいわく》かけたと思う、ごめん」

一気に話すコウの話を、黙って聞く。

「……柊香が彼女だったら、すごく幸せだろうなって、思ったんだ。俺のダメなところ全部、すごいねって言ってくれる柊香のこと、大切にしたいと思った」

次に柊香が、口を開いた。

「この気持ちは、言わないつもりだったの。でも、本当はずっと迷ってたし言いたかった。結果がどうであっても、知ってほしかった。……高嶺のおかげです、ありがとう」

高嶺に頭を下げたままうつむく柊香の手は、少し震えていた。

「……でも俺、四人のことが本当に好きで、大好きで、ずっとみんなと一緒にいたいと思ってる」

いつになく真剣な顔でそう言ったコウに、続く柊香。

「私も、みんなのことが何よりも大切なの。だから……」

そんなふたりにつられて、私も。

「わ、私も！　ずっと一緒にいたい！」

「……俺も、同じだよ」

少し照れたような秋樹。

そんな私たちに、ふっと笑った高嶺。

「ははっ、俺だって大切に決まってんだろ」

みんなで顔を見合わせて、急に照れくさくなって、ごまかすように笑った。

「俺は柊香のこと好きだったけど、コウと笑ってるときの柊香が好きだったんだよ。……それに、みんなで一緒にいる時間のほうがもっと大切だから」

「高嶺……」

「さすがイケメン！」と私が言ったら、みんながいつもみたいに笑った。

やっと普段の空気に戻ってホッとした私たちは、先生に任された雑用を再開した。

いつも通りだけれど、今までとは少し違う。私たちの心はもっと近づいたし、今までよりずっとみんなを大切に思う。

「……あっ、同じプリント二枚入れちゃった」

「しっかりしろよ、有沢……あ、俺も間違えた」

ドジな私とコウに、あきれたように笑う三人。何も変わらない楽しさに、心が少し軽くなった気がした。

「先生、持ってきました！」

「サボってすみませんでした」

みんなでプリントを差し出せば、少し安心したように笑う先生。

「ん、最後まで気ぃ抜くなよー」

またパソコンを見たままひらひらと手を振る先生。

私たちがケンカしたんじゃないかって、心配してくれてたことに少し心がぽかぽかした。

きっとこの雑用だって、私たちに仲直りのチャンスを与えようと、先生なりに気を使ってくれたんだろう。

「よーし、帰るか！」

「そうだね」

みんなで歩く、通学路。

私とコウがふざけながら前を歩いて、三人が後ろから笑いながらついてきて。

もうすっかりいつもの空気。

だけど私たちは少し、大人になったような気がする。

柊香の気持ちが、伝わってよかった。

コウの気持ちが、柊香に向かっていてよかった。

高嶺が、すっきりした顔をしていてよかった。

みんな五人でいることが好きだって、こんなことでもないとなかなか伝えられないから。

高嶺に彼女ができたら、全力でお祝いしたい。

絶対幸せになってほしいし、結婚式《けっこん》では友人代表のスピーチで泣かせてやりたい。

……なんて、先走りすぎだろうか。

空を赤みがかったオレンジのようなピンクのような、辺りをドラマチックな色に染める夕焼けの下。

ふと地面を見れば、五人の長い影が並んでいた。

「ねえ、私たちどんな大人になるんだろうね」

「コウは美容師だろー？」

高嶺が言うと、コウが反応する。

「高嶺は……絶対エリート！」

「柊香もそうだよね、キャリアウーマン」

コウと私の言葉に、本人以外は納得したように「そうそう」とうなずく。

「アッキーはカメラマン？」

自分のことを言われて照れくさかったのか、秋樹に話を振る柊香。

「芹奈はいつまでもそのままアホでいてね」

いたずらっぽく笑う柊香に、うんうん、とうなずくみんなに、頬を膨らます。

「ちょっとー、なんで私だけけなされてるの⁉」

「はは、褒めてんだよ」

卒業まで、あと四日。

卒業して離れ離れになるのが、あんなに怖かったのに。みんなで話しているし、当たり前みたいに五人で笑っている未来が想像できる。そのくらい温かいこの空気が、優しいみんなのことが。

やっぱり、大好きだと思った。

君の目に映る世界は

卒業まで、あと三日。

少しだけ開いた教室の窓から、思わず眠《ねむ》たくなるような心地いい春の風が入り込む。外では咲き始めた桜が風に吹かれてゆらゆらと揺れている。

黒板には長い英文が書かれ、教壇《きょうだん》では先生が何やら難しい説明をしているけれど、もう入試も終わってしまった私はやる気が起きなくて。ペンを握ってはいるものの、ノートは取っていない。

そもそもなぜ卒業の三日前に授業なんかしているのかというと、本当は今日は自由登校のはずだった。

だけど最後の英語の授業のときに課題を出し忘れた人は、卒業前に二日間、補講を受けることになってしまった。

受験勉強に手いっぱいで課題どころじゃなかったんだから、仕方ないじゃないか。私みたいな人は結構いて、教室がいっぱいになるくらいの人数が補講を受けている。

専門学校への進学が早めに決まっていて、課題をやる時間があったはずのコウも、面倒くさくて課題をやっていないため、補講組。

そしてなぜか、私の前には秋樹、隣には柊香、後ろにいるコウの隣には高嶺がいる。三人は課題を出したから補講なんか受けなくてもいいんだけれど、どうせなら五人で受けたら楽しそう、と一緒に来てくれた。

自分から補講に出たいなんて言われたら先生も感心して了承《りょうしょう》してくれて、私たちは五人で補講を受けることになったのだ。

先生の話を上の空で聞きながら、前に座っている秋樹の背中をぼんやりと見つめる。染めたことのない、でも生まれつき少し色素が薄い秋樹のやわらかい髪は、いつもは黒いけれど、太陽の光に当たると少しだけ茶色くすける。それがすごく綺麗で、授業中に後ろの席からそれを見つめるのが好きだった。そして細く見えて意外と筋肉のついた背中は、少し大きめの紺色のカーディガンに隠されている。

――あき。

もう数えきれないほど呼んだ、その名前を。

私だけが呼ぶ、その名前を。

声には出さずに、きみの背中に向かって、口だけを小さく動かした。

あの日から。

きみが撮った写真を見たあの日から、私はきみのことが知りたくて、きみの瞳に映る世界を見てみたくて。

こんなにも綺麗な世界を映し出す人は、どんなに素敵な人なんだろうって、気になって仕方なかった。

あの瞬間から、私の心にすみついたこの気持ちは日に日に大きく膨らんで。

あのころよりきみのことを知った私の心は、もう溢れてしまいそうな気持ちでいっぱいだ。

私の記憶《きおく》の中のきみは、横顔が一番多い。

だってきみを目の前にしたら、恥ずかしくてまっすぐ顔を見られないから。

だからいつまででもきみの後ろ姿を見ていられるこの席は、特等席だと思う。

秋樹――。

もう一度小さく口を動かしても、きみには見えていなくて。ぼんやりと窓の外を見つめているその背中を。

眠気と戦うように、時々手を止めながらノートを取るその背中を、ずっと忘れないように目に焼きつけた。


秋樹のすごいところは、いっぱいある。

もちろん写真の腕はすごいんだけれど、それだけじゃなくて。

冷静に周りをしっかり見て、人の気持ちを考えて行動ができる。

これはなかなか私にはできないことだから、いつだって尊敬してしまう。

授業でペアをつくるときにひとり余ってしまった人がいたら、『俺、余ったから組んでくれない？』って、声をかけてあげる。

相手が気を使わなくていいような誘《さそ》い方ができるところが、大人だと思う。

みんなで電車に乗っているときも、乗ってきたお年寄りや妊婦さんに一番に気づいて席を譲《ゆず》ってあげるのだって、秋樹。

人に頼まれると嫌と言えない私がいろんなことを引き受けすぎて、キャパオーバーになっているときに真っ先に助けてくれるのも、秋樹。

『こんなに引き受けてバカじゃないの？……お人好し』

なんて笑って、でも嫌な顔一つしないで手伝ってくれる。

私が楽しそうだから、っていう思いつきだけで突っ走って文化祭のメイド・執事《しつじ》カフェを提案したときだって、ちゃんと現実的なプランを一緒に考えてくれた。

そんな秋樹は私とは正反対で、だからこそ私にはきみの隣に並ぶ自信がなくて。

こんな単純でアホな私が、大人な秋樹に釣り合うわけがないよね。

……苦しいなぁ。

ほら、きみのことを考えると、いつだって。

水の中に沈んだときみたいに、息ができない。

水の中に仰《あお》向けでもぐって、そこから見上げる太陽みたいにまぶしい。

きみは太陽みたいで、私がそれをつかもうと手を伸ばしても、体はどんどん深い水の底に沈むだけ。

沈んで沈んで、きみが見えなくなるくらいまで落ちてしまったら。

太陽の光があたらない場所まで来てしまったら。

きっともう、息もできなくなってしまうんだろう。


「ねえ、卒業式のあと、打ち上げしようよ！」

午前中だけの補講が終わった、放課後。一緒に授業を受けていた同じクラスの何人かにそう提案すれば。

「やる！　楽しそう！」

「わーい、賛成！」

なんて乗り気のみんなにうれしくなって、早速大人数で入れるお店を探《さが》す。

「うーん、ここ……は、体育祭の打ち上げで行ったし……」

スマホで高校の近くのお店について調べていると、前の席で同じくスマホを見ていた秋樹が顔を上げてこっちを見た。

「マンションのパーティールームとかは？　コウのマンション、なかったっけ？」

「おう、パーティールームあるぞ」

「そこでピザの宅配でも頼んでパーティーとか、楽しそうじゃない？」

よく聞いてみれば、マンションにパーティールームっていう大きな部屋がついていて。

そのマンションに住んでる人なら、予約して借りることができるらしい。

「何それ、最高！　さすが秋樹！　コウ、予約頼める？」

「任せろ」

「ありがとう！」

ほら、こういうところ。

秋樹は何かを決めるときも問題が起こったときも、いつも冷静に一番いい解決策を見つける。

そういうところが大人で、憧れで、やっぱりすごいなぁと思う。

「……そうだ、芹奈」

私のほうを向いた秋樹が、少し声のトーンを落として言う。

「ん？」

「今日の放課後、暇？」

「え、うん、暇だけど……」

「じゃあさ、学校の写真撮るの付き合ってよ」

「えっ……いいの？」

「芹奈さえよければ」

「やった、楽しみ！」

あの夏の日から。

きみとキスをしなかったあの日から。

もう写真を撮る秋樹をこんなに近くで見られることなんてないと思っていた。

びっくりして、とびきりうれしくて、だけどあの日のことを思い出してちょっぴり切なくて。

放課後、みんなに「先に帰ってて」と断って、自販機で飲み物を買ってから写真を撮りにいく。

楽しみでわくわくしながらふたりで廊下を歩いた。

どこの写真を撮ろうかと話して、私たちの思い出の詰まった教室に入る。

「何かのコンテストに応募《おうぼ》するの？」

「いや、卒業前に思い出の場所を撮りたいなと思って」

そう言ってカメラを構えるその真剣な横顔は、どうしてこんなにキラキラしているんだろう。

そのレンズに、その瞳に。

何が映っているのか、知りたい。

「芹奈も撮ってみる？」

そう言って私に貸してくれたもう一つのカメラ。

本格的なカメラなんてあの夏の日以来触ったことのない私に、シャッターの切り方とか初歩的なところから教えてくれた。

みんなが帰ってしまったあとの、誰もいない教室。

時計の秒針の規則的な音だけが響いて、妙に緊張してしまう。

「秋樹、席座って」

「うん？」

「前向いて」

私の一つ前の席に座る、秋樹の背中。

私の一番の思い出の光景は、きっとこれで。

私が一番綺麗だと思う景色は、秋樹の背中越しに見るこの大好きな教室だ。

カシャ、とシャッターを切れば、私が撮った写真を見ようとカメラを覗き込む秋樹。

急に近くなった距離に心臓が跳ねて、そのやわらかい髪に触れたくなる気持ちをグッとこらえた。

「……やっぱり俺、芹奈の写真好きだわ」

そう言ってふわりとやわらかな笑みを見せた秋樹に、私のことを言われたわけでもないのに胸が詰まって、こんなに近くにいるのに触れられないもどかしさが切なくて、なんだか少し泣きそうになった。

じわり、と浮かんだ涙を、何度もまばたきして引っ込めて。

「私も、好き」

「ん？」

「秋樹の写真、すごく好き」

秋樹の写真が好き。

秋樹の瞳に映る世界が好き。

そして、きみのことが……。

「……ていうか、私の写真なんて全然うまくないじゃん」

「そんなことないって。芹奈の目に映る世界はいつもこんなにキラキラしてるのかなって、ちょっとうらやましい」

少し照れたように笑う秋樹の、予想外のセリフに、言葉が出てこなかった。

そんなの、私のセリフだ。

秋樹の目に映るキラキラした世界が、うらやましくなる。

私の写真がキラキラして見えるならきっと、それはそこに秋樹がいるからだ。

秋樹がいるだけで私の世界は幸せいっぱいで。

秋樹がいるだけで私、一生笑っていられるんじゃないかって思うくらい。

魔法使いなのは、秋樹なんだよ。

「せっかくだから、他の場所も撮っていい？」

「もちろん！」

ありがとう、と笑う秋樹を追いかけて教室を出る。

廊下には太陽の光が差して、心地いい暖かさ。

……このまま時間が止まればいいのに。そうしたら私たち高校生のまま、ずっと二人、ここにいられるのに。

「……あ、この部屋」

使われていない空き教室。

見覚えのあるその部屋に、思わず声が漏れた。

「……あ。ここ、芹奈がメイド服……」

「わー！　お、覚えてたの……!?」

「当たり前でしょ」

ふっと笑う秋樹に、恥ずかしくてかぁっと顔が熱くなる。

――そう、あれは文化祭の準備をしていた日。

メイド・執事カフェという、まあ定番だけど盛り上がるだろうという案が採用されたのはいいけれど。

準備日の放課後、ネットで注文していたメイド服と燕尾服《えんびふく》が届いたため、クラスのみんなで実物を見ていたら。

『有沢はメイド服ってより執事のが似合いそうだな』

『たしかに、メイドって柄《がら》じゃねえ』

なんて男子たちが笑うから。

私だって一応女の子だからちょっとだけメイド服も着てみたいとか思っていたし、そんなことを言われたらさすがにショックを受けないわけではないんだけれど。

『あはは、だよねー！』

こういうとき無理して笑っちゃうの、悪い癖だってわかっているけれど。

でもここでメイド服が着たいなんて言うの、キャラじゃないし恥ずかしいし。

『えー、芹奈かわいいから絶対似合うよー』

そんな女の子たちの言葉も素直《すなお》に受け取れない自分が嫌で。

……いや、私がこういうキャラなのは今に始まったことではないし、女の子らしくないと思われていることにそこまで傷ついたりしているわけじゃないんだけど。

でも、こう、なんていうか。

私だって一応女の子だし、それに秋樹も私のメイド服なんか見たくないだろうなぁと思ったら、ちょっと悲しくなっただけで。

『ちょっとこっちの執事のほう着てみてよ！』

燕尾服も少し着てみたかったから試しに着てみると、これが大好評で。

『男女逆転執事とメイド喫茶もいいんじゃない……？』

という話になって、うちのクラスは男装女装でメイド・執事カフェをやるっていうよくわからないことになってしまった。

大好評だったから結果オーライだったんだけれど。

もう外も暗くなってきたから、空き教室にクラスの準備の荷物を置かせてもらおうと、秋樹と一緒に衣装や装飾品《そうしょく》の入った段ボールを持ってこの教室に来たとき。

『着てみてよ、メイド服』

突然秋樹がそんなことを言いだした。

『え、何言って……』

『見たい』

『私メイド服とか絶対似合わないし……』

『俺はそんなことないと思うけど』

『ええ……』

たしかに着てみたかったのは事実だけど、そうなんだけど。

秋樹に見られるのは恥ずかしいし、やっぱり似合わないなって思われたら悲しいし。

いや、でもここを逃《のが》したらもう着る機会はないかもしれないけど、でも。

……なんて、悶々《もんもん》としてから。

『秋樹も執事の格好してくれるなら！』

って返事をしたら、秋樹はものすごく嫌そうな顔をして全力で拒否《きょひ》したけれど、私が頼み込んだら渋々《しぶしぶ》了承してくれた。

秋樹が先にこの教室で着替えることになって、私は廊下で待っていた。

ガラリと開いたドアから出てきたのは執事姿の秋樹。

黒の燕尾服は、もちろん本物じゃないしネットで買った安物だけど、なんだかものすごくかっこよく見えて。

ふわりとした黒髪がそれによく似合っていて。

そして何よりも、恥ずかしそうに頬を赤らめて、不機嫌そうな顔をして目を逸らす秋樹がずるいくらいにかわいかった。

『似合う！　かっこいいじゃん！』

『うるさい、芹奈も早く着ろよ』

照れているからか、いつもより乱暴な口調になっているのも、かわいい。

キュンキュンしながら空き教室に入り、今度は秋樹が廊下へ。

だけどメイド服に着替え終わった瞬間、現実に引き戻された気がした。

鏡に映った自分の姿を見て、眉をひそめる。

いや、本当に似合わないじゃん。

わかってたよ、わかってたけど！

こんな格好してる自分を恥ずかしくて直視できない。

見せなきゃダメかなぁ。嫌だなぁ。

でも、秋樹待ってるしなぁ。

渋々ドアを開けると、うつむいてスマホを操作していた秋樹が顔を上げて、目が合った。

『っ……』

何も言わずに、そのまま少し驚いた顔をして目を逸らした秋樹に、しゅんとする。

やっぱり似合ってなかったんだ……。

ていうか、直視できないくらいなんだ……。

何さ、秋樹が着ろって言ったんだから、責任取ってフォローしてよ、バカ。

『……目逸らさなくたっていいじゃん』

『え？』

『似合わないのはわかってるけど！　そんな反応するくらいならいっそ笑って！』

恥ずかしくなってつい怒ってしまった私に、驚いて目を見張る秋樹。

『えっ、いや、違う！　……お、驚いただけで……』

『似合わなくて驚くなんて失礼すぎ……』

『いや、逆だっつの……』

じわ、と目に浮かんだ涙に、さっきよりさらに慌てる秋樹。

『思ったより本当にかわいくて焦《あせ》ったの！』

こんな恥ずかしいこと言わせないで、なんて顔を真っ赤にする彼に、胸がぎゅうっと締めつけられて。

さっきまで悲しかったのに、そのひとことでこんなにもうれしくて恥ずかしくて、幸せな気持ちになって。

『ふたりで写真撮ろうよ』

『うわ、改めて見ると恥ずかしい……』

『あはは、みんなには内緒ね』

ふたりで撮った写真、私は保護までして保存してるけど秋樹はもう消しちゃったかな。

文化祭では男女逆転喫茶だったから、結局誰も見ることのなかった秋樹の執事姿。

もちろん秋樹のメイド服は、私よりはるかに美少女だったので悔しかったわけだけれど。

それでも執事の秋樹は私しか知らないんだってことが、何よりも大切で幸せだった。


そんな思い出の詰まった空き教室。

「ふたりで撮ろうか」

秋樹の提案に、ハッと我に返る。

「うん、撮る！」

「制服バージョンだな」

それはつまり、秋樹もここでふたりで写真を撮ったことを覚えていてくれてるってことでいいんだろうか。

考えすぎかなぁ。

でもいいや、幸せだから。

ふたりで制服で撮った写真。

秋樹のカメラと、私のスマホで。

「放課後の学校って、好きだなぁ」

並んで暖かい廊下を歩きながらつぶやけば、そうだね、とうなずく秋樹。

「春の匂いって、いいよね」

「ちょっとわかるかもしれない」

そんな、他愛ない会話が。

秋樹の紡ぐひとことひとことが、全部大事で、宝物みたいに私の心の奥に優しく落ちてくる。

ふたりきりの廊下。

この景色はきっとずっと私のまぶたの裏から離れなくて、思い出すたびに幸せで、どこか寂しくて、もどかしいこの気持ちもよみがえるんだろう。

「秋樹は、どんな髪型の女の子がタイプなの？」

「え？　うーん……その人に似合ってればなんでもいいけど……」

「うわぁ、つまんない回答」

「……短めが好きかな。肩より少し上くらい」

「ふーん」

肩より少し上くらいの髪の女の子なんてたくさんいる。

クラスの中にだって三人くらいはいる。

だから別に、ボブの私のことを言ったわけじゃないことくらいわかっているけど。

そんなこと期待してないけれど。

でも勝手に少しうれしくなっちゃって、ごめんね。

「芹奈は？」

「黒くてちょっとふわっとした髪がタイプだよ」

きみが茶髪にするなら茶髪がタイプだし、短髪にするなら短髪がタイプだ。

驚いたような表情をしてからやわらかく微笑んだ秋樹は、少し歩く速度をゆるめた。

人けのない校舎は、私と秋樹、ふたりだけの世界にいるように錯覚《さっかく》する。

「……秋樹は、さ」

その続きを言うかどうか。少し迷ってから、口を開く。

「女の子らしい子が、好きそうだよね」

秋樹は前を向いたまま答える。

「……まあ、そうだね。男はわりとみんなそうじゃない？」

想像していた答えだったのに、思いのほか心がずしりと重くなる。

「……私も女の子らしい子だったら、よかったのに」

視線を落としてつぶやく。女の子らしい子だったら、きみの特別になれたかもしれない。きみの進路だって知っていたかもしれない。あの日きみと、キスしていたかもしれない。

きっと本当は、そんなの私じゃないし、私が私じゃなかったら秋樹と仲よくなっていなかっただろう。

女の子らしくなりたいなんて、私らしくないから。だからそんなこと、誰にも言ったことなかったのに。というかそもそも、女の子らしくてかわいい女の子になりたいと思うのは、秋樹の前だけなんだけれど。なんだか恥ずかしくなって、ごまかそうと笑ってみせる。

「ほら、文化祭のときもメイドより執事のほうが似合っちゃったし！　イケメンって褒められるのも、なんか複雑だよね！」

冗談だったことにしてほしかったのに。笑って流してほしかったのに。

不意に立ち止まった秋樹はいつになく真剣な表情で。

「……メイド服、俺だけが見られたのラッキーだって思ってた」

見つめられた目が逸らせなくて、一瞬が永遠に感じられて。

「芹奈はちゃんと女の子だよ」

「っ……何、それ」

途端に顔に集まる熱に、自分の顔が赤いことを察する。

「……ほら、すぐ照れるところとか」

ふ、といたずらっぽく笑って、秋樹はそう言った。

一瞬、言ってしまおうかと思った。今にも溢れてしまいそうなこの気持ちを、ぶつけてしまいそうだった。だけどふたりの間の微妙な距離が。触れたら、消えてしまうんじゃないかと思うような、その横顔が。……結局は意気地なしの自分が邪魔して、その言葉をのみ込んだ。

そしてしばらく写真を撮ったりしゃべったりしてから、秋樹が言った。

「……そろそろ帰ろうか。今日は付き合ってくれてありがとう」

もう少しだけ一緒にいたいけれど、自分からそんなことを言える私じゃない。

「そうだね、帰ろう」

ふたりだったら、帰り道だって楽しくて仕方ない。

「……あれ、待って、先生に提出しなくちゃいけないものあるから職員室行ってくる！　急ぐから待ってて……」

「了解、下駄箱《げたばこ》にいるわ」

慌てて、先生に出し忘れていたプリントを持って二階の職員室へダッシュ。

「先生、これ出しに来ました！」

「おー、ご苦労さん」

プリントを受け取った先生は、それを机にしまいながら話す。

「皆川と写真撮ってたんだろう?」

「あ、見てました?」

「ああ、皆川の撮る写真はプロ級だと評判だからなぁ。東京の芸術大学合格するなんて俺の受け持った生徒でも初めてだよ……」

「……え？」

先生の言葉に、頭の中が真っ白になったのか、目の前が真っ暗になったのか、どっちなのかよくわからないけれど私の思考は動きを止める。

東京の、芸術大学って言った……？

「倍率も高いし、相当な才能のあるヤツじゃないと入れないらしいからな。皆川がプロのカメラマンになったら、俺もうれしいよ。生徒が自分のやりたいことを見つけて、その道を突き進んでいってくれるなんて最高だ」

本当にうれしそうに笑う先生に、言葉が返せない。

秋樹は東京の大学に行く。

難関の芸術大学に合格して、春からは東京に……。

「……あれ、どうした？　有沢？」

固まったままの私に不思議そうに首をひねる先生。

「……秋樹、東京に行くんですか」

やっとの思いで絞り出した声。

平静を装ったつもりだったけれど、震えた声に、先生も少し驚いた顔をした。

「ああ。……なんだ、まさか知らなかったのか？」

「……」

「そ、それは悪かったな……高嶺たちは知っていたみたいだから、てっきりお前にも言ってるものだと……」

予想外のことに動揺《どうよう》する先生と、呆然《ぼうぜん》とする私。

何、それ。

聞いてない。

高嶺たちは知ってたの？

知らなかったの、私だけなの？

秋樹は東京に行っちゃうの？

東京って、ここから何時間くらいだっけ。

あまり行ったことがないからわからないけれど、毎日通うことは不可能な距離だ。

ってことは、つまり、きみは。

春にはこの街からいなくなってしまう。

「なんか、ごめんな……？」

心配そうに顔を覗き込む先生に、涙の浮かんだ目で下手くそな作り笑いを返した。

「全然気にしてないです！　じゃあ、失礼します！」

なんだかよくわからなくて、現実味がなくて、感情が追いつかなくて。

自分の手が震えているのを見て初めて、かなり動揺していることに気づいた。

だって、そんなの急すぎる。先生の勘違いであればいい。そう思う反面、触れようとしたらふっと消えてしまいそうな秋樹の背中も。最近、秋樹がよく手帳を眺めている理由も。寂しそうな、泣きそうな笑顔のわけも。

全部わかってしまった気がして、目の奥がツンと熱くなる。

東京の芸術大学に行けることは、秋樹にとっては素晴らしいことで。友達の私は、お祝いして、一緒に喜ぶべきで。

だけどそれを、どうして秋樹じゃない人の口から聞いているんだろう。秋樹と一番近い女の子は私だって思ってたのに。どうして私にだけ言ってくれないのか。私が気づかなかったら、そのまま黙って東京に行くつもりだったのか。

どうしたって悔しくて、寂しくて、苦しくてうまく息ができなかった。

ずっと、
ここにいてよ

卒業まで、あと二日。

「芹奈ー？　いつまで寝《ね》てるの、遅刻するわよ！」

「うーん……」

一階のキッチンから聞こえるお母さんの声に、曖昧な返事をしながら、ベッドの上で寝返りを打つ。

時計を見れば、八時二十五分。

今日は二日間の補講の最終日だ。

家から学校まで十五分かかるとして、あと二十分で家を出ないと間に合わない。

目は覚めてる……というか、昨日から全然眠れていないんだけれど。

でも、どうしても体が動かない。

「……」

秋樹が東京に行ってしまう。

それを知った昨日の放課後、あれから秋樹とどんな話をしたのかよく覚えていない。

私は作り笑顔で、他愛もない、たとえば授業中に足元に虫がいて大変だったとか、そういう話をした気がする。

秋樹は私の態度がおかしいことに気づいていないようで、いつもの場所でいつものように別れた。

家に帰ってからもぼーっとして、モヤモヤして、眠れなくて。

気づいたら夕日が朝日になっていた。

「……学校、行きたくないな」

こんなことを思ったのはいつぶりだろう。

ずっと、楽しかったから。

とくに四人と出会ってからは、毎日が楽しくて、幸せで。

日曜日なんていらないって、毎日が月曜日ならいいのにって、わりと本気で思っていた気がする。

……秋樹と、どんな顔をして話したらいいんだろう。

私はいつも通りでいられるんだろうか。

秋樹は、私が秋樹の東京行きを知らないと思ってる。

一番悲しいのは、その事実を、秋樹じゃない人から聞いてしまったことだった。

「……なんで、言ってくれなかったんだろう」

布団の中であれこれ考えるうち、独り言が思わず口をついて出る。

自分の教え子の進路なんだから、先生が知っているのは当たり前だ。

でも、高嶺たちも知ってたから、って先生が言った。

高嶺も、コウも、柊香も、きっと知ってるんだ。

知らないのは私だけなんだ。

……私、秋樹とは一番仲のいい女の子だって、思ってたのになぁ。

みんながアッキーって呼ぶ彼のことを私だけが秋樹って呼んで。

みんなが有沢って呼ぶ私のことを男子で唯一《ゆいいつ》、彼だけが芹奈って呼んで。

それは私の中では何よりも大切で、重要で、心の一番真ん中にある特別なことだったのに。

だけどそう思っていたのは私ひとりだけで、秋樹からしたらたかが名前の呼び方。

写真を撮るのに私を誘ったことも。

ふたりきりになったときのもどかしくなるような距離感も。

……キスしなかった、あの日の出来事も。

秋樹にとってはどれも特別なことじゃなくて。

東京に行くことも教えてくれないような、そんな程度の関係だったのかなぁ、私たち。

「ちょっと芹奈、どうしたの？　具合悪いなら休んでもいいわよ」

家を出る十分前になっても布団の中で丸まっている私に、さすがに心配したようにお母さんが声をかける。

「……行く、学校」

「なら早く支度しなさい」

「うん……」

ベッドから渋々下りて、だらだらと支度を始める。

昨日の放課後、あまりにもいつも通りだった秋樹に寂しくなった。

ムカつくとか、悔しいとか、そんなのよりも悲しさのほうがずっとずっと大きくて。

せめて、せめて。

伝える順番、一番最後でもいいから。

本当は一番最初に知りたかったけれど、私は一番最初に秋樹に合格したって報告したけれど。

でも、秋樹はそうじゃなくてもいいから。

ただ、せめて、秋樹の口から知りたかったよ。

「行ってきまあす」

やる気のない挨拶《あいさつ》をして家を出たけれど、もうチャイムが鳴るまであと五分。

ダメだ、間に合わない。

どうしても走る気にならなくて、そのままのろのろと通学路を歩く。

高嶺たちは、知ってたのに。

みんなも私がいるときにそんな話しなかったよね、どうして？

私にだけ隠してたの？

どうして私にだけ言ってくれなかったのか、どうしてみんなも私の前でその話をしなかったのか。そんな疑問が頭の中をぐるぐる回って、気持ちが悪い。

こんなに学校に行きたくないの、初めてだな……。

もう補講が始まっているせいで静かな廊下を歩いて教室に向かう。

あまり音を立てないようにガラリと教室のドアを開けると、近くに座っていた人たちが振り返る。

遅刻じゃん、って顔してニヤニヤする友達たちに、しー、と口に人さし指をあてて、席に座る。

「有沢、バレてるぞー」

黒板から振り返った先生に、へらりと笑って返す。

「バレてました……？」

「寝坊《ぼう》か？」

「まあそんな感じです……」

「気を抜くなよー」

そして再開した授業。

ため息をのみ込んでバッグの中から教科書を出して、先生の話を聞き流す。

と、振り返った前の席の秋樹。

「おはよ」

周りに聞こえないように小さな声でそんなこと言うから、さっきまで秋樹に会いたくなかったのに心の奥がふわふわしてきてしまうの、ずるい。

おはよう、を「う」まで言わない、少し砕けた挨拶が。

眉を下げて、目を細めて笑う、その優しい顔が。

私のこと気にしてくれたってことが。

こんなにうれしくなってしまうのは、惚れた弱みだ。

「……おはよう」

「休みかと思った」

「ううん、ただの寝坊」

そっか、よかった、って笑って前を向いてしまう秋樹。

向けられた背中に、急に寂しさが増す。

そっか。もう、秋樹が近くにいるのもあと二日だけなんだ。

黒板の横の【あと二日】のプレート。

そして窓から舞い込む春の風。

すべてが卒業へのカウントダウンをしているように思えて、どうしようもなく寂しくなった。

「……奈」

「……」

「芹奈！」

「っ、はい！」

私の名前を呼ぶ柊香の声に、ハッと我に返る。

「もう授業終わったぞー」

「どうしたの？　今日ずっとぼーっとしてない？」

心配そうなみんなに、ごめんごめん、と笑って返す。

「次、補講お疲れさまってことで、みんなでドッジボールやるらしいから外行こ！」

「え、そうなの？　やったー！」

補講のないみんなは自由登校なんだけれど、ドッジボールだけをしに来る人も多いらしい。

クラスでドッジボールなんて久しぶりで、いつもならワクワクするはずなんだけれど。

少しモヤモヤした心を隠して、笑って立ち上がる。

そんなわけで、みんなで外に向かう。

ふわふわと、咲き始めの桜の花が暖かい春の風に揺れる。

優しい風のなかでみんなとするドッジボールも、最後なんだなぁ。

私はわりと運動が得意だから、他の女の子たちみたいにかわいく逃げるなんてことはできなくて、どんどん敵を外野送りにしていく。

「有沢の腕力《わんりょく》、ゴリラ……」

「お前、女じゃねーだろ」

「うるさい、あてるよ！」

からかってきた男子たちをアウトにすれば、上がる味方からの歓声《かんせい》。

……でも、まずいなぁ。

昨日寝てないせいか、なんだか頭がくらくらする。

みんなに心配かけたくないのに……。

「っ、芹奈！」

頭を押さえた瞬間、聞こえた声。

そして、ふらっとした私の体を覆った影。

ドンッ、と音がして、私の目の前に飛び出てきた人が私に向かっていたらしいボールを奪った。

「……あ、き」

「大丈夫？」

助けてくれたんだ、って気づいたのと、足の力が抜けたのは同時だった。

ふらふらと座り込んだ私に、駆け寄ってきてくれるみんな。

「俺、保健室連れてくわ」

そう言って取ったボールを味方の男の子に渡して、座り込んだ私と目線を合わせる秋樹。

「立てる？」

「だ、大丈夫！」

無理して笑って立ち上がろうとするけれど、やっぱり力が入らない。

「……強がりすぎ」

ふっ、とあきれたように、でもとびきり優しい顔をして笑う秋樹に、目の奥がじわりと熱くなった。

胸の奥がふわふわして溶けてしまいそうになる。

「お姫様抱《だ》っこじゃ恥ずかしい？」

「うん……」

「じゃあ、背中乗って」

愛読者カード

お買い上げいただき、ありがとうございました！
今後の編集の参考にさせていただきますので、
下記の設問にお答えいただければ幸いです。よろしくお願いいたします。

本書のタイトル（　　　　　　　　　　　　　　　　　　　　　　　　　　）

ご購入の理由は？　1.内容に興味がある　2.タイトルにひかれた　3.カバー（装丁）が好き　4.帯（表紙に巻いてある言葉）にひかれた　5.あらすじを見て　6.店頭のPOPを見て　7.小説サイト「野いちご」を見て　8.友達からの口コミ　9.雑誌・紹介記事をみて　10.本でしか読めない番外編や追加エピソードがある　11.著者のファンだから　12.イラストレーターのファンだから　その他（　　　　　　　　　　　　　　）

本書を読んだ感想は？　1.とても満足　2.満足　3.ふつう　4.不満

本書のご意見・ご感想をお聞かせください。

1カ月に何冊くらい本を買いますか？
1.1〜2冊買う　2.3冊以上買う　3.不定期で時々買う　4.ほとんど買わない

本書の作品をケータイ小説サイト「野いちご」で読んだことがありますか？
1.読んだ　2.途中まで読んだ　3.読んだことがない　4.「野いちご」を知らない

読みたいと思う物語を教えてください　1.胸キュン　2.号泣　3.青春・友情　4.ホラー　5.ファンタジー　6.実話　7.その他（　　　　　　　　　　　　　　）

本を選ぶときに参考にするものは？　1.友達からの口コミ　2.書店で見て　3.ホームページ　4.雑誌　5.テレビ　6.その他（　　　　　　　　　　　　　　）

スマホ（ケータイ）は持っていますか？　1.持っている　2.持っていない

学校で朝読書の時間はありますか？　1.ある　2.昔はあったけど今はない　3.ない

文庫化希望の作品があったら教えて下さい。

学校や生活の中で、興味関心のあること、悩みごとなどあれば教えてください。

いただいたご意見を本の帯または新聞・雑誌・インターネット等の広告に使用させていただいてもよろしいですか？　1.よい　2.匿名ならOK　3.不可

ご協力、ありがとうございました！

お手数ですが
切手をおはり
ください。

郵便はがき

104-0031

東京都中央区京橋1-3-1
八重洲口大栄ビル7階

スターツ出版(株)　書籍編集部
愛読者アンケート係

(フリガナ)
氏　　名

住　　所　〒

TEL　　**携帯/PHS**

E-Mailアドレス

年齢　　**性別**

職業

1. 学生(小・中・高・大学(院)・専門学校)　2. 会社員・公務員
3. 会社・団体役員　4. パート・アルバイト　5. 自営業
6. 自由業(　　　)　7. 主婦　8. 無職
9. その他(　　　)

今後、小社から新刊等の各種ご案内やアンケートのお願いをお送りしてもよろしいですか?

1. はい　2. いいえ　3. すでに届いている

※お手数ですが裏面もご記入ください。

お客様の情報を統計調査データとして使用するために利用させていただきます。
また頂いた個人情報に弊社からのお知らせをお送りさせて頂く場合があります。
個人情報保護管理責任者:スターツ出版株式会社 販売部 部長
連絡先:TEL 03-6202-0311

「ありがとう……」

秋樹の背中は、あったかくて。

いつもよりも高くなった視線、この高さから秋樹の世界は見えているんだなって思って。

目の前にある秋樹の髪は太陽にすけて少し茶色く縁《ふち》取られて、近づけばかすかにシャンプーの匂いがして。

ドキドキして、この心臓の音が背中から秋樹に伝わってたらどうしようって不安になって。

……それから、どこにも行かないでって、思った。

「体調悪いくせに、なんで言わないの」

「ごめん……」

「……まあ、芹奈は言わないよな。昨日の帰り道くらいから、ちょっと元気なかったでしょ」

「……そう、だっけ？」

気づいてたなんて、ずるい。

今になってそんなこと言うの、ずるい。

私ばっかりこんなに溺れさせて、ずるい。

こんなときまで私の心をキュンとさせる秋樹の、温かい背中に揺られながら。

細いのに意外と筋肉あるんだなぁ、なんて思った。

この秋樹が、私の世界を全部自分の色で染めてしまう秋樹が。

東京に行ってしまったら、私の世界は、全部モノクロになっちゃうかもしれないよ。

もちろん、秋樹がどれだけ写真が好きか知ってる。

写真で芸術大学に入れることが、どれだけすごいかもわかってるつもりだ。

秋樹が自分の望む道に進めることはすごく素敵なことなのに。

だけどそれを素直に喜べないなんて、私の秋樹への気持ちは全然綺麗じゃないね。

こんな気持ちを抱えていて、ごめんね。秋樹。

卒業したら、秋樹は私の隣にいなくて。

みんな笑いあうなかに、きっと秋樹の笑顔だけがなくて。

ふたりで、触れそうで触れないもどかしい距離感で歩くこともなくて。

私が勢いだけで突っ走ったときに、フォローしてくれる秋樹はもういなくて。

この、ひと目見ただけで心の中があったかくてふわふわで、幸せになってしまうこの秋樹のやわらかい笑顔も、当たり前に見れる日々ではなくなってしまうんだ。

ねえ、秋樹。

私、知ってるよ。

秋樹が東京に行くの、知ってるよ。

秋樹の口から言ってくれたら、ちゃんとおめでとうって、頑張れって言えるように準備しておくから。

だから、自分から打ち明けてよ。

もし言わずに行ってしまっても、もし私の前からふらっと姿を消してしまっても。

私の中の、宝箱の奥の奥のほうに大切に、壊さないように鍵をかけて閉じ込めたこの気持ちだけは、きっとしばらく消えないと思うなぁ。

「失礼しまー……って、先生いないや」

保健室につくと、オキシドールのにおいに鼻がツンとする。

先生は職員室にいるらしく、秋樹は私をベッドの上にそっと下ろして座らせてから、先生を呼びに行こうと立ち上がった。

きゅ、とやわらかい秋樹のカーディガンの裾をつかんだのは、無意識。

「……え」

「ただの寝不足、だから」

「でも一応先生に見てもらったほうが……」

「……行か、ないで」

それは、何に対してだったのか。

言った私にもよくわからない。

少し目を見張った秋樹は、すぐにいつもみたいに眉を下げて笑って私の隣に腰《こし》を下ろした。

「どうかした？」

どうかした？

……どうかしてる。

どうかしてるよ、もうずっと。

きみの写真を見た、あの瞬間から。

水の中に溺れたみたいに苦しくて。

水の中から見た太陽みたいにきみがキラキラして。

……本当、どうかしてる。

「……昨日、ちょっと眠れなかっただけ」

「珍しいじゃん、授業中はすぐ寝るのに」

「バカにしてるでしょー」

「ははっ」

その笑顔が、もう見られないなんて。

この他愛もない会話が、もうできないなんて。

涙で少しゆがんだ視界。

バレないように涙を止めようとまばたきを繰り返す。

「……あ、引き止めちゃったけど戻っていいよ。ドッジボールやりたいよね？」

「いや、別にいいよ。ここにいる」

「そっ、か」

手を伸ばせば、秋樹に触れられるこの距離で。

誰もいない、消毒液のにおいの保健室で。

ずっと必死にこらえてきた想いが、溢れてしまいそうで怖くなった。

「朝、コウが柊香のこと間違えて母さんって呼んでて笑った」

「何それ、さすがコウ、アホすぎ」

なんでもない話をしてくる秋樹に、私もいつも通り笑うけれど。

秋樹は本当に、私に何も言わずに東京に行ってしまうつもりなんだろうか。

こうやって他愛のない話ばかりして、大切なことは何一つ言えずに私たち、離れ離れになってしまうんだろうか。

ねえ。私、ちゃんと、頑張れって言いたいよ。

おめでとうって、言いたいよ。秋樹。

「……ねえ、秋樹。あの日、さ」

「あの日？」

「プールサイド、で」

私に、キスしようとした？

ずっと、聞きたかったその言葉は喉元まで出てきたけれど、口には出せなかった。

それを聞いたら、すべてが終わってしまう気がして。

きっと秋樹にとって私は特別な女の子じゃない。

私が一方的に秋樹を見ているだけで、秋樹は私を見ていない。

私が勝手にひとりで秋樹に溺れているだけで、秋樹は私を想って苦しくなったりはしない。

きっと、その程度の存在だったんだって。

東京に行くことを私だけ知らなかった。

そのことにこんなにもショックを受けるなんて、私、本当はかなり秋樹に期待していたんだなぁ。

「やっぱりなんでもない」

「何、気になるじゃん」

「なんでもなーい」

ずっと気にしてなよ、バカ。

ちょっとくらい私のこと、気にしてよ。

「なんか、俺も眠くなってきちゃった」

ふあ、と欠伸《あくび》をした秋樹は、足は下に下ろして座ったままベッドに仰向けに倒れ込んだ。

「秋樹が寝てどうするの」

私も笑いながら隣に寝転がると、想ったより近く感じる距離にドクンと心臓が跳ねた。

「あったかいと眠くなるじゃん」

はは、と笑いながら目を閉じた秋樹。

私は横を向いたら秋樹の顔が近くて緊張するから、しばらくそのまま真っ白な天井を見つめていて。

ふと気づいたときには、隣の秋樹は寝ているみたいだった。

「……え、本当に寝たの？」

返事の代わりに、寝息が返ってくる。

……秋樹って、意外とよく寝るよね。

授業中だって、私と違って先生にバレないから怒られないだけで、しょっちゅう寝てるし。

今だって、こんな短時間で寝るなんて、秋樹のほうが寝不足なんじゃないの？

……そういうところがかわいいと思ってしまう私は、きっと秋樹が何をしていてもかわいいって思うんだろう。

「あーき」

「……」

体を起こして、起きる気配のない秋樹の顔を覗き込む。

白い肌に、長いまつ毛が影を落とす。

ドッジボールで暑くなったのか、少しゆるめられたネクタイ。

ワイシャツの襟から覗く首筋が綺麗で。

そんな寝顔を見ていたら、不意に泣きそうになった。

秋樹が、私のものだったらいいのに。

私が、寝ている秋樹に触れても許される女の子だったらいいのに。

秋樹がずっと、この街にいればいいのに。

秋樹が、秋樹が……。

「……行かないで」

あの日触れなかったその唇。

もしも触れていたら、何かが変わっていたかな。

あのとき私たちキスしていたら、どうなっていたのかな。
今となってはその答えは永遠にわからないけれど、でも。
私はあれからずっと、そんな無意味な〝もしも〟ばかり考えているよ。
「ここにいてよ……」
ずっと、ここにいてよ。
起こした体を再びベッドに横たえて、天井を眺めながらあれこれ考える。
秋樹は東京に行ってどんな生活をするんだろう。
何を見て、何を食べて、何を綺麗だと思うんだろう。
どんな素敵な写真を撮るんだろう。
秋樹の彼女になるのは、どんな人なんだろう。
……私のこと、思い出してくれる瞬間はあるんだろうか。
寝ている秋樹の横顔に目をやる。
「……っ、秋樹」
ぽろ、と目からこぼれ落ちた温かい滴《しずく》は、頬を伝ってベッドのシーツを少し濡らした。

いつの間にか、うっかり眠ってしまっていたらしい。

昨日はあんなに眠れなかったのに、秋樹が隣にいる今はなぜかすぐに夢の中で。

なんだかすごく、幸せな夢を見ていた気がする。

誰かの体温が、私より少しだけ低い温度が。

私の頬を優しくなでた。

夢だか現実だかわからないその感触《かんしょく》が心地よくて、うっすらと目を開けたら、目の前にいた人と目が合った。

「……あ、起きた？」

優しい顔をして、さっき私がしたみたいに私の顔を覗き込む秋樹。

今、私の頬に触れた手は、現実なのか、私の都合のいい夢なのか。

それはきっと私には一生わからないことで。

「そろそろドッジボール終わるみたいだけど、教室戻れそう？　もう少し寝る？」

「戻る……」

優しく笑って立ち上がった秋樹の後ろに続いて、保健室を出た。

いつも私が前を歩いてるから、ふたりで歩くときの秋樹の後ろ姿はちょっとレアだ。

少し眠そうな歩き方も、風で顔にかかった髪を鬱陶しそうになおす仕草も。

全部全部、私の胸にきゅんと響く。

このまま時間が止まればいい。

このままずっと、ふたりきりならいい。

自分の進みたい道を見つけた秋樹のこと、自分の夢に向かう秋樹のこと。

すごく、すごく遠くに感じるのは、私がまだ何も決められていないから。

とくに就《つ》きたい職業もわからない。

大学で何が学びたい、っていうよりは、大学に行けば夢も見つかるかもしれないと思ったから。

私はまだスタートもできていないのに、秋樹はもう見えないくらい遠くまで行ってしまった。

まぶしい春の光が窓から差し込んで、秋樹を照らして。

そのまま光に溶けて消えてしまうんじゃないかって、胸が痛くなった。

「……あ、コウと柊香だ」

秋樹の視線を追って窓の外を見ると、ドッジボールが終わったのか校庭から帰ってくるクラスのみんな。

そして楽しそうに話しているのは、コウと柊香。

風に舞った桜の花びらが柊香の髪について。

それに気づいたコウが、そっと、宝物に触るみたいに優しく柊香の髪からそのピンクを取る。

声は聞こえないから何を話しているのかわからないけれど、幸せそうに笑いあうふたり。

それは時間にすればたった数秒。

だけど、映画のワンシーンみたいに綺麗な一瞬で、ハッと息をのむほど素敵な光景だった。

「……よかったね、あのふたり」

「うん、意外とお似合いだよね」

いいなあ。

私たちには見せない、柊香のかわいくて女の子らしい表情も。

コウの大人っぽくて優しい横顔も。

「……コウってあんな表情できるんだね。いつもはもっとこう、アホみたいな感じなのに」

「はは、たしかに。柊香の前では特別なんでしょ」

好きな人の前では、特別。

秋樹もいつか、私の知らない東京の女の子に、見たことないくらい優しい表情を見せるんだろうか。

私はそんな横顔を見つめて、いいなぁって涙を流すんだろうか。

……そもそも、横顔ですら見られないのかもしれないね。

「……芹奈も」

「んー？」

「芹奈も、彼氏の前では違う表情するの？」

「……どうだろうね、そうなんじゃない？」

「ふーん……」

「何……？」

黙って少し歩いてから、ふと足を止める秋樹に、自然と私も立ち止まる。

「見せてよ、どんな顔するの？」

ゆっくり振り返って、近づいてくる秋樹に驚いて後ずさる。

「な、何言って……」

「ほら、こっち見て」

近づく秋樹の顔が恥ずかしくて見れなくて、うつむいたまま必死に逃げようとするけれど、壁際《かべぎわ》に追いつめられた私は逃げ場を失ってしまった。心臓がうるさいくらいにドキドキしている。

「あ、秋樹……？」

恐るおそる顔を上げたら、切なげに眉を下げて笑う秋樹がいた。

なんだか泣いてしまいそうなその表情に、私の胸まで苦しくなる。

「ごめん、何言ってんだろ、俺」

「あ、き」

「……戻ろうか」

そのまま背を向けてしまった秋樹の背中。

なぜか寂しそうで、いつもより小さく見えて。

追いかけて、抱きついてしまいたい衝動《しょうどう》を必死に抑えた。

なんで、そんな、泣きそうな顔するの。

なんで、こんなにドキドキさせるの。

なんで、なんで、私のことなんとも思ってないくせに。

遠くに、行っちゃうくせに。

「っ……」

近づいた、瞬間。

秋樹の匂いがしたから。

秋樹の瞳が泣いてしまいそうに揺れていたから。

触れたら壊れて消えてしまうような気がしたから。

だからずっと、私は我慢してたのに。

そのままでいたいって、困らせたくないって。
そういう私の努力を、こんなにも簡単に壊そうとするなんてずるい。
頬を伝ったのが涙だって、気づいたのは振り返った秋樹が驚いた顔をしていたから。
行かないでほしい。
でも夢を叶《かな》えてほしい。
応援したい。
私にもちゃんと教えてほしかった。
でも笑っておめでとうって言える自信がない。
秋樹とずっと一緒にいたい。
でも秋樹の隣に並んでいいのはもっと素敵な女の子であって、私じゃない。
五人でずっと笑っていたい。
でも秋樹は春からいない。
いろんな思いが頭の中をぐるぐる回って。
頭がくらくらして。
溺れたみたいに息が苦しくて。
そのまぶしさに手を伸ばしても届かなくて。
ああ、もう、ずっと、抑えてたのに。

「芹奈……?」

「行かないで……」

「え……?」

「ずっと、ここにいてよ……っ」

一度流れることを許された涙は、何度まばたきしたって止まってくれない。

心底驚いたように目を見張る秋樹の姿が、涙で揺れた。

「芹奈……」

「東京、行っちゃうの……?」

「っ……知ってたの?」

目を見張った秋樹のその言葉に、目の前が真っ暗になった気がした。

心のどこかで、本当は少し、期待してた。

私の勘違いなんじゃないかって、秋樹は東京なんて行かないんじゃないかって。

……そんな都合のいい話、あるわけないよね。

「なんで、言ってくれなかったの……?」

「……っ」

傷ついたように揺れた秋樹の瞳。涙を流しているのは私なのに、秋樹のほうが泣いているみたいに見えた。

「なんで私にだけ、言ってくれないの？」

違う、違うんだ。

私に言うのも言わないのも、秋樹の自由で。

友達だから言わなきゃいけないなんて、そんな義務は全然なくて。

ただ私が、期待しすぎていたんだ。

だからきみのこと、責めようとしていたわけじゃないのに。

「……ごめん」

そうつぶやいた秋樹の顔を、これ以上見ることができなかった。

うつむいた私の視界に映る、私の小さな靴ときみの大きな靴が、涙でじわりとぼやけた。

心の真ん中に
いるきみが

「昨日はごめん！」

卒業まで、あと一日。

今日は土曜日で普段なら学校は休みだけれど、卒業式のリハーサルのため、卒業式に出席する二、三年生たちはいつも通り登校している。

登校して、教室に入ってすぐ。

私は目の前の席に座っていた秋樹に勢いよく頭を下げた。

「え……」

「本当ごめん……昨日のこと、忘れて」

泣きそうになるのをこらえてそれだけ言うと、何か言いかけた秋樹に気づかないふりをして後ろの席に座る。

「いや、芹奈ー……」

「今日は卒業式のリハーサルだよね、校歌覚えた？」

「いや、あの」

「私あんまり覚えてないんだー、やばいなぁ」

秋樹が戸惑っていることは、気づいてる。

優しくて真面目な秋樹のことだ、きっと会ってすぐ私に謝ろうとしていたことも、ちゃんと話してくれようとしたことも。

秋樹からの電話も、【明日話したい】ってメッセージも、昨日届いたけれど無視してしまった。

そして決めたことは一つ。

何もなかったみたいに、今まで通りでいよう。

東京に行くことは、聞かなかったことにするから。

だから昨日私が泣いたことも、忘れてほしい。

もうあと一日しかないんだ。

秋樹とぎくしゃくしたまま過ごすなんて、もったいない。

「芹奈、明日いっぱい写真撮ろうね」

「柊香！　うん、撮ろう！」

柊香たちが来たから、秋樹はまだ何か言いたそうだったけれど口を閉じた。

……ごめんね、秋樹。

いっぱい困らせて、ごめんね。

昨日私が泣いたりしなければ、普通に今まで通りいられたはずなのに。

溢れてしまって、自分勝手で、ごめんね。

卒業式のリハーサルのため体育館に行くと、もう準備が整っていて並んだ椅子《いす》と壁に貼られた紅白の布。

本当に、明日、卒業しちゃうんだ。

なんだかふわふわとしていて、実感できなくて、明日で最後だなんて思えなくて。明日が過ぎて、月曜日になれば、またいつもの通り学校に来て、みんなで笑いあえるんじゃないかって思っている自分がいる。

「本当に卒業、しちゃうんだね」

「ね、なんか信じられない」

高嶺は卒業生の言葉を担当しているため、先生と打ち合わせ中。

コウと秋樹はクラスの男子たちとしゃべっている。

私と柊香はふたり、体育館の壁に寄りかかって、集まってくる生徒たちを見ていた。

「……芹奈、このままでいいの？」

少し迷ってから、柊香が口を開いた。

私は前を向いたまま答える。

「何がー？」

「アッキーの進路、聞いたんでしょ？」

「……聞いてないよ」

聞いてない、何も聞いてない。

秋樹からは何一つ、聞いてない。

「アッキー、昨日すごく後悔してたよ。芹奈のこと傷つけちゃった、って」

「別に傷ついてないし、何も聞いてないもん」

　こんなのただの強がり。

バレバレの意地っ張り。

だけどここで悲しんだら、泣いたら、バカみたいだもん。

言わないって決めたのは、秋樹だから。

私にだけ言わなかった理由が秋樹の中にはきっとあって。

私にだけ言わないって決めたのは、他の誰でもない秋樹だから。

それがすべての答えだと思うから。

「私たちって仲良しだけど、なんでも言えるようで何も言えないよね」

柊香のその言葉は、私の胸に鋭く刺さった。

「っ、なんでそんなこと言うの……？」

「一番そうなのは、芹奈だよ」

「なんでも、言ってるよ……」

小さくなった語尾は、認めているようなものだった。

仲がよくて、みんな大好きで。

私はみんなのことが大好きだし、みんなも私のことを大好きでいてくれる。

それでもみんな、言えないことがある。

高嶺は、柊香を見ていたことを。

柊香は、コウを見ていたことを。

秋樹は、東京の大学に行くことを。

私は、秋樹への溢れそうなこの気持ちを。

そうだね、わかってる。

わかってたからこそ、苦しくなった。

その核心に触れないように、壊さないように、宝物を扱うふりして、腫れ物みたいに扱って。

だって五人でいる時間が、あまりにも大切だったから。

「大事だからこそ、壊したくないことはあるよね」

「うん……」

「でもそれに触れたら、もっと近づけるかもしれないよ」

そうだね、それはわかってるよ。

それでも、それでも、私は見た目によらずに臆病《おくびょう》だし弱虫なんだよ。

「まあ、無理にとは言わないけどさ。……でも話くらい聞いてあげたら？」

「……うん」

「あ、リハーサル始まるみたい。行こう！」

出席番号順に指定された椅子に座って、壇上の先生の話を聞く。

卒業証書授与や生徒の言葉など、卒業式の工程を確認したら今日はもうおしまいだ。


「あー、終わった！」

コウが伸びをしながらこっちに来る。

「あれ、他のみんなは？」

「あー、ちょっと俺から有沢に大切な話をしてやろうと思って」

「いや、いらないいんだけど……」

「そんなこと言うなって、ほら行くぞ」

ものすごく強引にコウに連れてこられたのは、中庭。

なんとあのコウが自販機でホットミルクティーを買って私にくれた。コウがおごってくれること自体珍しすぎるから、明日の卒業式は雪かもしれない。

自分の分のコーラも買ったコウは、ベンチに私を座らせて自分も隣に腰を下ろした。

ふわり、とコウの匂いがする。

「……何、秋樹のこと？」

なんとなく予想はついていたから私から沈黙を破れば、コーラを一口飲んでから中庭の桜の木を見つめるコウ。

「うーん、まあ最終的にはその話なんだけど」

「うん？」

「……俺さ、一年生のときクラスのヤツから無視されてたんだよね」

「え……？」

聞いたことのない話だったから、うまくのみ込めずに右隣のコウを見上げた。

「まあ、一部の人からなんだけど。クラスにおとなしいヤツがいて、そいつがいじめられそうになってたからかばったら、俺が無視されるようになって」

「そう、だったの……？」

「まあ、他のヤツは無視したりしなかったし、殴《なぐ》られたりしたわけでもないからいいんだけど……」

それは私の知らないコウの一面だった。

いつもバカみたいに騒いで、一緒に笑って。

そんなコウに、こんな過去があるなんて思ってもいなかった。

「でもクラスの他のヤツも、無視するわけじゃないけど俺とは関わりたくない感じで……まあ、当たり前だよな」

なんと言っていいかわからなくて、ただ黙って話を聞くことしかできない。

「いじめは防げたけど、そのいじめられてたヤツも俺とは話そうとしなかった」

「そんな……」

「いや、それはいいんだよ。また標的になったら嫌だろうし、他のみんなだって同じだったと思う。それにいじめてた人たちもクラス替えで離れたし、おとなしくなったし、二年生からは楽しかったんだけど」

その瞳は少し苦しそうで。

こんな大人みたいなコウの表情は初めて見る。

心の芯《しん》が強くて大人だけれど、触れたら壊れてしまいそうなくらい弱く感じた。

学年の人数も多くて、コウとは一年生のときクラスは離れていたから、そんな話は全然知らなかった……。

「有沢、高校生活で後悔してることあるかって話したの覚えてる？」

「……うん、覚えてる」

秋樹とキスをしなかったこと。

それが私の後悔で、コウにもそれはあるのかなと思って聞いてみたのは、球技大会のときだっけ。

「俺の後悔は、高一のクラスの雰囲気を悪くしたこと」

「そんなのコウのせいじゃないじゃん……！」

思わず語気を強めてしまったら、コウは少し笑った。

「たしかにそうだけど、有沢だったらもっとうまく収められたんじゃねえかなって、お前に出会ってからずっと思ってた」

「私……？」

予想外の言葉に驚いて、隣にいるコウを見つめる。

「いつもまっすぐで、純粋《じゅんすい》に優しくて、バカみたいに騒いでるくせにしっかり周りのことも見てて……そんな有沢に、憧れてた」

「……ちょっと、どうしたの。からかって──……」

いつもふざけてばかりの私たちだから。からかっているんじゃないか。そう言いかけたけれど、コウの表情がいつになく真剣だったから、口をつぐむ。

「……私、そんなにすごい人じゃないよ」

クラスでいじめられている人がいたら。

私は助けられるんだろうか。

コウみたいに自分を犠牲にしても、助けてあげられるんだろうか。

コウみたいに、それでもこうやって、誰も憎《にく》まずにまっすぐ笑っていられるんだろうか。

「コウのほうがすごいよ。コウのほうが偉いよ。私なんかよりずっと優しくて強くて、素敵だよ」

コウの次の言葉を待たずに続けて言うと、なぜか涙が溢れてきたのは、私のほうだった。

ぽろぽろ涙を流す私を見て、コウが歯を出して笑う。

「なんで有沢が泣くんだよ」

「わかんない……」

「いや、これ、悲しい話じゃなくてさ。そんなことがあったから、二年生のときもうまくやってたしそれなりに楽しかったけど、高校生活にそんなに期待してなかったんだよね。でも三年生になって、みんなに出会った」

コウは懐かしそうに、幸せそうに目を細めた。

暖かい風が私たちの頬をなでる。

「五人でいるのが楽しくて、その時間全部が宝物で、幸せで。有沢と、高嶺と、アッキーと、柊香。みんなのおかげですっげー楽しかったっていう、ハッピーな話だから」

ニッと笑ういつも通りのコウの顔が、やけに大人に見えた。

「こんなこと、本当はみんなに知られたくなかったんだ。でも柊香に告白された時に この話したら、そんな俺が好きだって言ってくれて。それがすげえうれしくて、柊香の隣にいたいって思った」

「そうだったんだ……」

誰にだって、言えないことがあって。

大切だからこそ知ってほしいけど、大好きだからこそ知られるのが怖くて。

そうやって戦っているんだ。

「私も、そんな素敵なコウと友達になれたことがうれしいよ」

「うん、ありがとう」

「……私も、ね」

コウにもらった、少しぬるくなったミルクティーを飲んでから、口を開いた。

「ずっと後悔してることがあるの」

「うん」

今度はコウが、黙って聞いてくれる。

いつもふざけてばっかりの、うるさい担当みたいな私たちがこんな真面目な話をするなんて思ってもいなかった。

それは私たちがあえて避けてきたことだから。

大切だから、大好きだから。

だからこそ大事なことだけ、いつも言えなかった。

楽しいこと、うれしいことだけ話して、笑っていられたらそれでいいと思ってた。

この幸せな時間を失う可能性が少しでもあるなら、そんなこと絶対にしたくなかった。

だけどそれだけじゃあ、お互い本当の意味で近づけない部分もあるよね。

「どうしても勇気が出なくて、一歩踏み出せなかったの。本当は進みたかったのに、曖昧なままにしちゃったの。だって私には手が届かないくらい、素敵な人だから」

この関係を壊したくないから。

ただ勇気が出なかったから。

もちろんそれだって理由の一つだけど、それだけじゃなくて。

きみは私には手の届かない存在に感じたから。

得意なことがあって、それはただの才能じゃなくてたくさん努力したからなんだと思う。

きっと私には想像できないような悩みだって抱えて、そのたびに乗り越えてきたんだろうなって。

その一方で私のことをいつもフォローしてくれる。

誰より大人なきみが欲しいって、子供な私にはどうしても言えなかった。

「……本当は、すごく悲しかったし悔しかった。みんなには伝えたのに、私にだけ言ってくれなかったことも、それを結局他の人から聞いたことも。家に帰ってからひとりで泣いたし、昨日だって眠れなかった。こんなのわがままだってわかってるんだけど……、本人の口から聞くのが、一番怖いの……。だって本人から聞いちゃったら、本当に――」

また目の奥がツンとして、言葉に詰まった。

本人から聞いてしまったら。秋樹が東京に行くことを、秋樹の言葉で聞いてしまったら。

そうしたら本当に、秋樹は遠くに行ってしまうから……。

認めたくなかった。きみと離れ離れになることを。

想像したくなかった。きみのいない未来なんて。

ダメなんだよ、ひとりでも欠けたら。この五人だから楽しいのであって、誰がひとり欠けたって意味がないんだよ。ずっとこのまま、狭いけれど私たちの世界のすべてであるこの教室で笑っていたいんだよ。そしてもし、叶うなら。もし叶うなら、私ずっと、きみの隣にいたいんだよ――。

「思ってることは、言葉にしないと、意外と伝わらないものだよ」

優しい顔をしてコウが笑う。

そうだね。コウがこんなこと思ってたなんて、私も今まで知らなかった。

「有沢はさ、俺の話聞いてどう思った？　引いた？　嫌いになった？」

「っ、なるわけない！　……うれしかったよ、大事なこと教えてくれて」

「……アッキーだって同じなんじゃねーの？」

「……」

同じ……そうなのかな？

結果がどうであれ、私の気持ちを伝えたら、うれしいって思ってくれるのかな。

「つーか、アッキーは有沢の話聞いて迷惑がるようなヤツなの？」

「違う……」

違う。秋樹は優しくて、自分のことよりも人の気持ちばっかり優先して、たまに自分が損しちゃっても笑ってるような。

そんな、そんな人だから、私は……。

「まあせめて、アッキーの話くらいは聞いてやれよ。今日ずっと避けてるだろ」

秋樹の、眉を下げて笑う優しい顔が脳裏《のうり》に浮かぶ。時折見せた寂しそうな表情も、触れたら壊れて消えてしまいそうに感じた背中も。いたずらっぽく笑う顔も、傷ついたような泣きそうな目も。それからキスしなかったあの日の、真剣な表情も――。

……秋樹に、会いたい。秋樹が何を言おうとしているのか、ちゃんと、秋樹の言葉で聞きたい。

「……うん、そうする」

コウはどこまで知っているのかわからない。

でも私の気持ちなんて全部読めてるみたいに、私の欲しかった言葉をくれる。

柊香だって、高嶺だって。

『壊したのは、俺だから』

高嶺があのときこの言葉を私と秋樹にも向けて言ったのは、きっとそういうことだったんだろう。

こんな素敵な友達ができたことが、私の唯一の自慢だよ。

「……あと、俺の場合は、だけど」

「うん……？」

「特別な人に話すほうが、ずっと怖いし緊張した。心に秘めてた気持ちとか悩みとか、ひとりで抱えきれない思いって、なんでもないただの友達に話すほうが意外と簡単なのかもな」

「……うん、ありがとう」

秋樹にとって私が特別だから、言ってくれなかったのかどうかはわからないけれど。

それでもやっぱり私、秋樹の口からちゃんと聞きたい。

おめでとうって、頑張ってねって。

誰より秋樹を見てきたんだから、私が誰よりも一番、秋樹のことをお祝いしたいし応援したい。

「芹奈！」

秋樹のところに行こう。

そう思った瞬間、後ろから呼ばれて振り返ると、走って捜したのか少し息を切らした秋樹がいた。

「じゃ、頑張れよ！」

いつものように白い歯を見せて笑って、手を振りながら校舎に戻るコウ。

そして、ゆっくり歩いてくる秋樹は、コウがいた場所に腰を下ろした。

ふたりでベンチに並んで座る。

「……芹奈、ごめん！」

頭を下げた秋樹に驚いて首を振った。

「いや、私こそ、勝手に怒って避けたりしてごめん……」

秋樹は私の目を見て、

「俺、春から東京の芸術大学に行くんだ」

はっきりと、そう言った。

ああ、本当に。

本人の口から聞いてしまったら、目を逸らすことなんてできない。

本当に、東京に行っちゃうんだ。

「……うん」

「合格して、すごくうれしくて、芹奈に一番に報告しようと思ってたんだけど……芹奈の顔見たら、なんか言えなくて。東京に行くって、言いたくなかった」

まっすぐ前を見ながら、秋樹が続けた。私もそれにならって前を見たら、桜の枝が風に吹かれて小さく揺れた。

「……うん」

まばたきを繰り返して、小さくうなずく。それ以上しゃべったら、涙がこぼれてしまいそうだった。

「芹奈にだけ言わなかったんじゃなくて、芹奈だから、言えなかった」

「……そっか」

その言葉だけで、今までの悲しさとか悔しさみたいなものは綺麗に消えてしまった。残ったのはただ、大人になる私たちへの寂しさだけ。

暖かいけれどどこか冷たい春の風が、私たちの髪を揺らして。

乱れた髪を耳にかけたら、秋樹も同じ仕草をしていたのがうれしかった。

私たちの髪を同じ風が揺らしていることが、幸せだった。

「……秋樹」

「うん」

「おめでとう」

ああ、やっと、言えた。ちゃんときみの目を見て、心から言えたことがうれしかった。

「うん、ありがとう」

いつものように眉を下げて、寂しそうに微笑んだ秋樹の目は少し濡れて、キラキラして見えた。

なんだか泣いてしまいそうな秋樹を見て、私の視界も涙で滲《にじ》む。口を開いたら、少し声が震えた。

「秋樹がプロのカメラマンになってすごく有名になっても、私たちのことたまには思い出してね」

「当たり前でしょ。……みんなはずっと、俺の心の真ん中にいるよ」

心の真ん中。

その言葉を、私の心の真ん中にいるきみの口から聞けたことが、泣いてしまうほどうれしかった。

「そっちこそ、大学でもっと楽しい友達ができても、俺と遊んでよ」

「当たり前じゃん。みんなで東京遊びに行くから、秋樹の家泊《と》めてね」

「はは、五人も寝れるかなぁ。でも来てよ、俺も遊びに帰ってくるし」

「うん、絶対行く」

なんでだろう。

楽しみな未来の話をしているはずなのに。

どこか寂しくて切ないのは。

ぽかぽかする胸の奥が少しだけ、ズキズキ痛むのは。

きっと、わかっているからだ。

みんな違う道に進んで、それぞれの未来があって。ずっとずっとこのまま変わらないなんて、できないこと。

みんな少しずつ大人になって、新しい世界で新しい出会いがあって、この宝物みたいな時間よりも大切なものを、いつか見つけるのかもしれない。

毎日学校に行けばみんながいる、そんな当たり前だった毎日はもうなくなるわけで。

秋樹は東京で、新しい世界で、何を見つけるんだろう。どんな人と出会って、どんな恋をするんだろう。

数年後、もしかしたら数ヶ月後、秋樹の隣には私の知らない女の子がいるのかもしれないと思ったら。また水の中にいるみたいに、苦しくなった。

「明日で卒業、だね」

「そうだね」

秋樹はこの三年間で、恋をしたのかな。

たくさんいる人の中で、一番に目に飛び込んできて。

普通の言葉とかその人の癖とか、なんでもない仕草に心が揺れて。

一緒にいると心地よくて幸せなのに、時々息ができないくらい苦しくなる、そんな人が。

秋樹にも、いましたか？

これからだって会える約束をした。

私にはそれで十分だよ。

きっと秋樹の写真はいろんな人を魅了《みりょう》して、きみは私には手の届かないくらい遠くに行ってしまって。

授業中に振り返って笑いあった日々も、一緒に写真を撮った瞬間も。

そしてキスしなかったあのプールサイドも。

きっと昔の思い出になって、私たちはお互いに他の誰かと恋をするのかもしれない。

このキラキラしたまぶしい気持ちも。

苦しくて息ができない切なさも。

初めて教えてくれたのはきみだから、私はきっとずっと忘れない。

「ずっと、言えなくてごめんね」

「……ううん、いいよ」

私だって秋樹を目の前にしたら、言えなかっただろう。

「私まだ将来のこととか全然考えられなくて、大学だって目標を持って決めたわけじゃなくて。だからちゃんと未来が見えてる秋樹ってすごいなぁ……なんか、遠くに感じる」

ふとつぶやいたら、秋樹は驚いたような顔をしてこっちを見た。

「……そんなの、俺のセリフだよ」

「え?」

「いつも笑ってて、誰にでも優しくて、明るくみんなを引っ張っていけて、うちのクラスがこんなにまとまってるの、芹奈のおかげでしょ。そういうところ、いつもまぶしかった」

何それ、そんなふうに思ってたの?

思いがけない言葉に、目を見張った。

「なかなか自分からみんなの中に入れない俺のこと、いつも引っ張ってくれてうれしかった。俺が気を使って我慢しようとすると怒ってくれたのも、うれしかった。だから芹奈にはずっと、そのままキラキラしててほしい……と、勝手に思ってた」
照れ隠しみたいに目を細めて笑うから。
その声色が甘くて優しいから。
勘違い、してしまいそうになる。
「あはは、何それ、うれしい。じゃあ私はいつまでもアホな芹奈でいるね」
こうやって冗談にしちゃうところが、ダメなのかもしれないなぁ。
でも、だって、照れくさいから。
このほうが私たちらしいから。
秋樹も笑ってくれるから。
秋樹、私ね。
秋樹と笑う時間が一番幸せなんだ。
私たちは明日、卒業して。
三月三十一日が終わったら高校生じゃなくなって。
四月になったら大学生で。
私たちは地元で、秋樹は東京で、それぞれ違う大学生活が始まって。
それでもたまにはみんなで集まって、今と同じ温度で笑いあうんだろうな。
コウと柊香がラブラブなことをからかって。

高嶺にかわいい彼女ができたらみんなでお祝いして。

それで、秋樹にも彼女ができたら、私はきっとおめでとうって作り笑いをして、家に帰ってから少し泣くんだろう。

「秋樹」

「うん」

「東京でも、頑張ってね。私、秋樹のこと一番応援してるからね」

「うん、ありがとう」

ちゃんと、言えた。

本当は、もっと言いたいことがあるはずで。

言わなきゃいけない気持ちが、あるはずで。

だけどうまく声にならないから。

きっと泣いてしまうから。

「明日はみんなでいっぱい写真撮ろうね！」

「芹奈、泣き腫らした顔で写ってそう」

「あっ、泣きすぎないように気をつけなきゃ！」

「はは、いいじゃん。泣いた分だけ、楽しかったってことでしょ」

「あは、そうだね」

いつも通りの話をして、家に帰って。
なんだか胸がいっぱいで眠くなった。
秋樹の華奢なようで意外と男らしい背中に羽が生えて。
まぶしすぎる光の中に消えていく。
そんな、夢を見た。

きみと
キスがしたかった

ついにきてしまった、卒業式当日。

紺色チェックのスカートに、白のワイシャツ。

ブルーのネクタイに、キャラメル色のカーディガン。

そして紺色のブレザーに、茶色のローファー。

ブラウンのボブヘアは念入りに内巻き。

いつもより丁寧《ていねい》にメイクをした。

「……よし、行ってきます！」

「行ってらっしゃい。お母さんたちもあとから行くからね」

「はーい！」

この制服を着るのも、最後。

学校に行くためにこの道を通るのも、最後。

「みんな、おはよう！」

最後だからみんなで待ち合わせして一緒に行こう、って約束した交差点。

もうすでに四人とも到着《とうちゃく》していて、私は走ってみんなのところへ。

「……あ、やっぱりカーディガンこれだ！」

みんなのカーディガンの色は、キャラメル色。

私たちが仲よくなったきっかけのカーディガン。

これにしようって合わせたわけじゃないけど、今日はこれだろうって思っていた。

「やっぱり？」

「このおかげだもんな、仲よくなれたの」

「まあ、遅かれ早かれ仲よくなってた気もするけどな」

「たしかに！」

他愛ない話をしながら学校に向かって。

下駄箱から靴を取り出すのも、この階段を上るのも最後だと思うと実感がわかない。

「お、今日はさすがに遅刻はいないないな」

教室に入ってしばらくすると、いつもよりビシッとしたスーツの先生が入ってきた。

目の前の秋樹の背中。

入学したときはぴったりだったんだろう、少し袖の短いブレザーも、かわいい襟足も。

もう見納めかぁ。

寂しいなあ、と思いながら見つめていれば、不意に振り向いたその背中。

「見て、綺麗」

秋樹が指さした窓の外に目を向ければ、薄ピンク色の桜の花びらが、風に舞い上がってふわりふわりと地面に落ちる。

なんだかすごく綺麗なその景色に、不意に振り返って笑った秋樹に、涙が出そうになったのは秘密だ。

「卒業生、入場」

そんな言葉と吹奏楽部の演奏とともに、開かれる体育館の扉。

拍手《はくしゅ》してくれる在校生と保護者、そして先生たち。

椅子と椅子の間の花道を歩くのは少し緊張して、知っている後輩たちが手を振ってくれるから笑い返したりした。

席は出席番号順だから、有沢と皆川である私と秋樹はかなり遠い位置にいる。

来賓の言葉や校長先生の言葉のあまりの長さに何度も眠りかけたけれど、卒業生の言葉で高嶺が壇上に上がったときには目が覚めた。

きっちりネクタイを締めて、いつもよりしっかりワックスでセットしたであろう髪。

「高嶺先輩かっこいい！」なんて小さな声が二年生の席から聞こえて、いつもそばにいると忘れがちだけどやっぱり高嶺はイケメンなんだなぁ、と実感する。

「うららかな春の日差しに誘われて……」

大好きな友達が卒業生代表としてしゃべっているのは、なんだか誇《ほこ》らしい。

「三年前、期待と不安に胸を膨らませてこの高校に入学した僕《ぼく》たちは、この三年間でとても多くのことを学びました。僕の場合は、とても大切な仲間ができたことが何よりの宝物です。泣いたことも笑ったことも、つらくて逃げ出したくなったことも幸せでいっぱいだったこともありました。達成感を感じたことも、後悔していることもあると思います」

高嶺の言葉は続く。

「僕たちはこれから広い世界に羽ばたき、きっと今までより大人になって、それぞれの道に進みます。でもここで過ごした大切な時間は、僕たちをきっと支えてくれると思います。ここで見つけた最高の仲間は、きっといつでも僕たちを助けてくれると思います。この高校を選んだことが、僕たちにとって一番正しい選択《せんたく》であったと、自信を持って言うことができる、そんな三年間をみんなと過ごせたことが僕の誇りです」

最後にそう言いきった高嶺に、涙が出そうになった。

場内に大きな拍手が響いて、泣いている人もいる。

私だって、きっとみんなだって同じ気持ちだ。

この高校に入って、みんなに出会えたこと。

それが何よりの正しい選択。

卒業証書授与のとき、先生に名前を呼ばれて泣きそうになった。

笑顔で証書を渡してもらってうれしくなった。

壇上から体育館全体を見たら大好きな人たちと目が合って、幸せな気持ちになった。

そして卒業証書を受け取る秋樹を見て、胸がいっぱいになった。

もう見ることができないであろう高校生の秋樹を目に焼きつけたくて、でも涙で霞《かす》んで見えなくて。

はい、って返事をする、そのすき通った声が。

ピンと伸ばした背筋が。

歩き方さえも。

全部、全部、きみじゃなきゃダメで。

きみの仕草が、言葉が、一つ一つが私の心をつかんでいるから。

きみに似てる誰か、じゃ意味がなくて。

きみしか、私を幸せな気持ちにできなくて。

サヨナラなんて、したくないなぁ。

秋樹は私を、少なからず大切に思ってくれている。

私は秋樹にとって、一番仲のいい女友達。

それで十分だって、思ってたのになぁ。

このままサヨナラするんだって思ったら、やっぱり胸はヒリヒリと痛む。

走って壇上に上がって、秋樹に抱きついてしまいたい。

心の一番奥の、宝箱を二重にして鍵をかけて閉じ込めたはずのその言葉が、今にも溢れてしまいそうだ。

ふわふわしたこの気持ちは未熟なまま。

形にしたら、きみに伝えたらいけないって、思っていたのに。

ねえ、秋樹、私はね。

本当は秋樹のことをただの友達だなんて、思ったことなかったよ。

「卒業生、退場」

吹奏楽部が奏でる音楽に見送られ、さっき歩いた道を戻る。

入場のときは笑っていたみんなも、今度は泣いている人が多い。

教室に戻ったら、最後のホームルームだ。

本当に本当に、最後なんだ。

「……芹奈、こっち向いて」

教室に戻るため廊下を歩いていると、話しかけてきたのは秋樹。

「え……」

——カシャ。

急にスマホを向けられて、シャッター音がしたときにはもう遅い。

「ちょ、撮った⁉」

「撮った」

「やだやだ！　泣いて目が赤いから消して‼」

「はは、やだ」

いたずらっぽく笑うから、怒っていたはずなのに許しちゃうじゃないか。

こんな意地悪してくれるのもうれしいって、思っちゃうじゃないか。

「……ずるいなぁ」

「あとさ、芹奈」

「うん？」

みんながしゃべりながら歩いている、ざわざわした廊下の真ん中。

少し真剣な声で、秋樹が言った。

「俺、賞とったよ」

「……え！」

「今日、『全国フォトコンテスト』のサイトで発表されるらしい」

「え、本当⁉　すごい！」

「これ、まだ先生にも言ってないから」

「え……」

「芹奈に最初に言おうと思って」

……何それ、どういうつもりで言ってるの。

こんなのどうしたって、期待してしまいそうだ。

「おめでとう！」

「ありがとう」

興奮している私に、優しく笑う秋樹。

「サイトで調べれば写真見れるの？」

「あー……うん。見れる、けど」

「けど？」

「恥ずかしいから、俺のいないところで見て」

「えー？　しょうがないなぁ」

やっぱり秋樹はすごい。

自分のことみたいにうれしくて、心の底からおめでとうって思ってる。

思ってるけど、また少し秋樹が遠くに行ってしまったみたいで寂しくなるなんて私、最低だなぁ。

最後のホームルームも終わって、先生のいい話を聞いて何度も泣きそうになって。

卒業アルバムを受け取ったりして、みんな写真を撮るため外に出た。

もう帰ってもいいんだけれど、みんなまだ話していたいから中庭に集まっている。

私はなんとなくひとりで校舎に戻って、誰もいない教室に入った。

教科書も荷物も持ち帰った教室はガランとしていて、どこか寂しげだ。

……本当に、終わりってくるものなんだ。

卒業式って言ったって、なんだかんだこの日常は続くものだって思ってた。

最後って本当に、あるんだなぁ。

ゆっくり近づいたのは、秋樹の席。

そっとその机に触れてみたら、涙が溢れそうになって唇を噛《か》んだ。

「……あき」

小さな声で呼んだ名前は、誰もいない教室に響く。

「秋樹」

その文字が、きみの名前が、私にとってはすごく特別な、大切なものだった。

窓の外からはみんなの楽しそうな声が聞こえる。

それとは正反対に、秋樹の机に触れた私の指先には、無機質な冷たさが伝わってくるだけで。

秋樹がここで勉強して。

授業中に居眠りして。

机の下でスマホをいじったりして。

お昼休みにはお弁当を食べて。

数分前までは、秋樹がここにいたのに。

ねえ、秋樹。

隣の席になったあの日から。

初めて秋樹の写真を見たあの瞬間から。

私のこの気持ちは、桜の花びらみたいに静かに優しく積もって、時には風に吹かれて舞い上がって、それからまた新しい花びらが重なって。

そうやってどんどん大きく膨らんだ気持ちは、もうひとりで抱えるには大きすぎる。

いつものなんでもない風景を、まるでそこに息づかいが感じられるような、あんなにも生き生きとした写真に収める人は。

レンズ越しに、あんなにも素敵な世界を目にしている人は。

いったいどんなに素敵な人なんだろうって思わせてくれた秋樹。

優しくて、大人で、落ちついていて。

自分の好きなことを全力で頑張って。

だけどたまに子供っぽくて意地悪で。

少し控《ひか》えめなところも、笑ってごまかすところも。

全部、全部、私にはまぶしくて見つめられない。

あの日、シャボン玉の中で写真を撮ってくれたことも。

プールサイドで一緒に写真を撮ったことも。

プールを見て、水面越しの太陽みたいにきらめくのが、水に溺れたみたいに苦しいのが、まるで秋樹みたいだって思っていたことも。

一つ一つが私の胸を締めつける。

そしてずっと後悔している、あの日しなかったキスも。

あのとき私が声を出さなかったら。

秋樹が我に返らなかったら。

私が、勇気を出してたら。

そしたら私たち、何か変わっていましたか？

ただの友達じゃなくて、特別な何かになれていましたか？

「……そういえば、秋樹の写真……」

ふと思い出して、スマホを取り出す。

なんで調べればいいのかよくわからなくて、『全国フォトコンテスト』のキーワードと秋樹の名前で検索したら、すぐにホームページが出てきた。

タップすると、「史上最年少！ 高校三年生 皆川秋樹、大賞受賞」の文字が飛び込んでくる。

なんだかすごい言葉が並ぶホームページをそのままスクロールすると、写真の画像が出てくる。

「……っ、え」

思わず息をのんだ。

そこにあった写真は、あの日、シャボン玉を飛ばして撮った私の写真だ。

横顔だから顔はよくわからないけれど、スカートの丈《たけ》も、髪型も、どう見ても私。

あのときの写真？

そういえば、シャボン玉の写真だけは秋樹に見せてもらったことがないかもしれない……。

他の写真は、こんなの撮れたよ、って見せてくれたのに。

光を反射して虹色に輝くシャボン玉。

触れたら壊れてしまうけれど、つい手を伸ばしてしまうほど綺麗なそれ。

その宝石みたいなシャボン玉の中にいる私は、自分でもびっくりするくらい綺麗に写っていた。

……私、こんなに綺麗じゃないのに。

秋樹の手にかかると、魔法みたいに綺麗に撮ってくれる。

シャボン玉の中で、青空に、太陽の光に消えてしまいそうな私の背中。

ピンクや青、オレンジ、いろんな色を映し出すシャボン玉に囲まれて、まぶしくて儚《はかな》い背中。

秋樹の瞳に私は、こんなふうに映っていたんだろうか。

さらにスクロールすると、『タイトル【宝物】』の文字。

それを見た瞬間、目の奥がじわりと熱くなって、涙がポロポロと溢れてきた。

どうして秋樹の撮る写真の中では、私はこんなに素敵に見えるんだろうか。

どうして秋樹はこのタイトルをつけたんだろうか。

どうして秋樹はこの写真を、賞に応募するのに選んだんだろうか。

私の疑問全部、この写真が語ってくれている気がして。

秋樹の撮る写真からは、秋樹の気持ちがそのまま伝わってくる。

言葉の少ない秋樹の心の中を覗いたみたいに、感情が流れ込んでくる。それはきっと秋樹の撮る写真は、秋樹の目に映る世界そのものだから。そしてこの写真から、伝わってくるのは――。

……このままじゃ、嫌だ。

まだきみに聞けてないことが。

きみに言えてないことが、たくさんある。

「芹奈」

秋樹に会いたい。

そう思ってドアに向かおうとすると、ちょうど秋樹が教室に入ってきた。
「秋樹……」
「あのさ、俺……」
「好き」
染めたことのない、ふわっとした黒髪が好き。
眉を下げて笑う、優しい表情が好き。
華奢に見えて意外としっかりした背中が好き。
カメラのレンズを覗く、真剣な横顔が好き。
くしゃっと笑う、子供みたいなところが好き。
授業中、眠そうに揺れる頭も。
たまに見せる、切なげな瞳も。
あの日触れなかった唇も、全部。
全部、全部、好き。
曖昧なまま、心の中に閉じ込めてきた気持ちが。
ふわふわとした、不思議な感情が。
言葉にした瞬間、止めどなく溢れてきた。
やっと形になったきみへの想いは、きっと、ずっと、恋だったんだと思う。

「え……」

「私、あの日――」

本当は、あの日。

ずっと、ずっと、私。

「秋樹とキスがしたかった……」

瞬間。

温かい腕につかまれた手首。

引き寄せられた体に、胸がドクンと鳴ったのが自分でも聞こえた。

ふわり、と私の唇に優しく触れた秋樹のそれは、温かくて。

少し濡れた唇と。

鼻をくすぐる秋樹の匂い。

……あの日できなかったキス。

ゆっくり、顔が離れた瞬間、涙がこぼれた。

「……せりな」

大好きなきみが、私の名前を呼ぶ。

きみしか呼ばない、私の名前を。

少しかすれた甘い声が、今までにないくらい私の心を締めつけた。

抱き締められた背中に手を回したら、もっと強い力で返された。ふたりの間に、隙間がなくなるくらいに。

「芹奈が好きだよ」

「私も秋樹が好き……」

泣きながらそう言えば、秋樹は今まで見たことないくらい、優しい顔で笑った。

やっと口に出せたその気持ちは、秋樹に届いてやっと形になった気がした。ふわふわと積もって、大きくなって、私の心を苦しめていたこの気持ちは、幸せな、優しいものに変わって私の心を溶かしていく。

「……芹奈はシャボン玉みたいだって、思ってた」

私の頬に触れたまま、秋樹がつぶやく。

私より少し冷たい手が、優しく私の頬をなでる。

「シャボン玉？」

「キラキラ光ってまぶしくて、でも触れたら壊れて消えちゃいそうで」

だから怖くて触れられなかったんだって、少しかすれた声で続けた。

「……秋樹は、水の中から見た太陽みたいだって思ってたよ」

「どういうこと？」

「まぶしくて、綺麗で、ずっと見ていたいのに、息ができないくらい苦しくなる」

そっか、と秋樹が眉を下げて笑った。

そしてもう一度、優しく触れた唇。

「……これでも苦しい？」

「ううん、苦しくない」

好き。

大好き。

大好きなきみの、大好きな人になれる。

それがこんなに幸せだなんて、今の今まで知らなかったよ。

「東京に行っても、頑張ってね」

「うん、会いに来るよ」

「私も行く」

もう、寂しくなかった。

やっと心から、頑張れって言えた。

秋樹の瞳にだけ、私があんなにも綺麗に映る理由が。

シャボン玉と一緒に、私を撮ったわけが。

宝物って、タイトルの意味が。

やっとわかったから、もう寂しくないよ。

暖かい春の風が、少し開いた教室の窓から優しく私たちの髪を揺らす。

初めて触れたきみの唇は、優しくて、甘くて、幸せで、ほんの少し、涙の味がした。


「あ、いた、芹奈とアッキー！　もう、写真撮ろうと思ったのにどこ行ってたの!?」

しばらくしてからふたりで中庭に戻ると、みんなが駆け寄ってきた。

「……あれ、もしかしてふたりー……」

コウのその言葉に、えへへ、と秋樹と顔を見合わせれば、パアッと笑顔になるみんな。

「え、え、本当に!?」

「うわー、おめでとう！」

「本当このふたり、いつ付き合うんだよって思ってたー！」

「よかったぁー」

クラスのみんなが思った以上に喜んで、お祝いしてくれて。

やっと止まったはずのうれし涙が、また溢れてしまいそうだ。

「おめでとう、おめでとう、芹奈！」

ぎゅっ、と抱き締めてくれた柊香に、我慢しようとしていた涙がこぼれた。

見ると柊香も泣いていて、顔を見合わせて笑う。
「よかったね、芹奈」
「うん、ありがとう……」
隣を見ると、コウが秋樹に「やったなー‼」と抱きついていて。
秋樹はちょっと鬱陶しそうにしていたけれど、なんだかんだうれしそうに笑っていた。
高嶺も、よかったな、と笑ってくれた。
こんなにたくさんの人に支えられて。
大好きな人に大好きと言えることが幸せで。
胸がいっぱいで、ぽかぽかして。
幸せな春の風に包まれて、私たちは、私たちの狭い世界のすべてだったこの学校を。
涙も笑顔も思い出も、全部詰まったこの学校を、卒業した。

―END―

番外編 1

七色のシャボン玉みたいだ

——皆川くんは魔法使いみたいだね。

そう言って笑ったきみのキラキラした顔に、弾んだ声に、少し泣きそうになったのを覚えている。

何度言おうと思ったかわからない。何度触れたいと思ったかわからない。それでもきみのまぶしい横顔を見るたびに、言いかけた言葉をのみ込んで、伸ばした手は空をつかんだ。

卒業まで、あと三日。日に日に数字を減らしてきた、黒板の横に貼られたプレート。それは着々ときみとの別れのタイムリミットを刻んでいる。


「アッキーはさ、このままでいいの？」

芹奈とコウが受けることになった補講を、一緒に受けた日の休み時間。

高嶺の言葉に、隣にいたコウもうなずいた。

芹奈と柊香は購買に行っているから、今は男子しかいない。

高嶺もそのタイミングを見計らって、この話題を切り出したんだろう。

「あー……、うん」

正直全然、よくない。いいわけがない。

四月から東京の大学に通うことを。東京でひとり暮らしを始めることを。高嶺とコウと柊香には言ったのに、芹奈にだけはまだ伝えられていなかった。
最近、スケジュール帳を眺めては、引っ越しの日が近づいていることに焦って。
早く、早くきみに伝えなければと思ってはいるんだけれど。
ふたりきりになることだって何度もあったし、伝えるチャンスならいくらでもあった。
いつだって、今日こそ言おうと思っていた。
だけど芹奈の顔を見たらどうしても言えなくて。
芹奈とする他愛ない話が楽しくて、今はまだ寂しい話はしたくなくて。
そんなことをしているうちに、気づけば卒業まであと三日となってしまった。
「でもさすがに、このまま卒業ってわけにはいかないだろ？」
「そうだよ。芹奈がどんなに鈍くても、隠し通せるようなことでもないし」
高嶺とコウの言葉に、だよね、とため息をつく。
何も言わずに東京に行くなんてできないし、したくない。
だけど、芹奈は俺にとって、特別すぎる存在で。
宝物みたいで、どうしても失いたくない、大切な人だから。
だからこの街を離れることになると伝えるのが、人一倍難しかった。
「それに、余裕かましてたら有沢とられちゃうかもよ？」

からかうようにニヤリと笑って、高嶺が追い打ちをかける。

「確かに。アイツ意外と人気あるしな」

うんうん、と同意するコウ。

わかってる。芹奈がどれだけ素敵な女の子かなんて、そんなの俺が一番知ってる。

この前、去年のクラスメイトだったらしい中谷に芹奈が告白されたときは、すごく焦った。

芹奈が男子にも人気なことなんて、わかりきっていたのに。

告白を断ったと聞いて、心底安心してしまった自分は最低で。

気持ちどころか、進路すら伝えられないくせに嫉妬だけは一人前。

そんな臆病な自分が芹奈の隣に並ぶことなんてできないんだろうと思ったら、どうしようもなく苦しくなった。

「……そんなの、わかってる」

目を逸らして、小さくつぶやいた俺に、高嶺は優しく笑った。

「まあ、わかるけどな。伝えるのが怖い気持ちも」

「……て、いうか。芹奈はまぶしすぎて、俺には手を伸ばせない」

窓の外の、まぶしい太陽に目を細めながら。

そう言ったら、コウは少し意外そうな顔をした。

「アッキーだってすごいじゃん。写真の才能もあるし、考え方とかも大人だし」

「いや、全然大人じゃないよ」

いつもみんなの真ん中で笑っているきみは。

真っ直ぐで優しくて、暖かくて、自然とみんなの笑顔に囲まれるきみは。

俺にはまぶしすぎて、触れることができない。

「じゃあアッキーは、有沢が他の男と付き合ってもいいのかよ？」

コウの言葉に、胸の奥が少し痛んだ。

「……よくない」

きみの隣に並んで、同じ歩調で歩くのが。

恋人にしか見せないような、きみの綺麗な笑顔を見るのが。

自分じゃない他の誰かだなんて、考えたくもない。

「まあ、アッキーがちゃんと出した答えなら、なんでも応援するけどね」

優しい顔をしてそう言う高嶺は、俺の考えていることなんか全部見すかしているみたいだった。

「じゃあさ、学校の写真撮るの付き合ってよ」

きみを誘ったのは、きみのいる世界が一番綺麗なのを知っているから。

楽しみ、とうれしそうに笑う芹奈に、頬がゆるむ。

ふたりで学校の写真を撮るのは、あの夏の日ぶりだって、きみは気づいているんだろうか。きっとこんなの気にしているのは、俺の方だけなんだろうけれど。

暖かい春の風がわずかに開けられた窓から吹き込む、放課後の廊下で。少し前を歩くその後ろ姿を見つめる。ミルクティーみたいな淡い茶色の髪が、芹奈が歩くたびに楽しそうに揺れる。

小さなその背中は、綺麗にアイロンをかけられた白いシャツは。

窓から照らす太陽の光にあたって、どこかまぶしくて。

七色に光を反射して、ゆらゆら舞うシャボン玉みたいだ。

楽しそうに、自由に宙を舞って。触れてみたくて手を伸ばしても、触れた瞬間パチンとはじけて消えてしまうような。

だから手を伸ばす勇気なんてなくて、いつもきみの背中を斜め後ろから見つめるだけだ。

それももう、あと三日。

卒業したら、四月になったら、俺は東京に行く。

ずっと大好きだった写真で、ずっと憧れだった芸術大学に合格して。

春からは東京でひとり暮らし。

うれしいのに、楽しみなはずなのに、ただ一つだけ。

きみと離れることだけが、どうしても苦しかった。

「そういえばさっきコウがね、お母さんに送ろうとしたメッセージ間違えて高嶺に送ってたんだよ」

「はは、なにそれ、明日見せてもらおう」

「あはは、本当にアホだよね」

おかしそうに笑う芹奈を見て、不意に寂しくなる。

芹奈はいつもみんなの輪の真ん中にいるから。そういう人だから。

きっと卒業したら、俺は思い出の一ページになって。芹奈はまた新しく出会った俺の知らないみんなから愛されて、そしていつか彼氏だってできるんだろう。


芹奈とは、三年生になって初めて同じクラスになったけれど。

一年生の時から、存在だけは知っていた。

明るくて友達の多い芹奈は、一年生の中でも有名人だったから。

『昨日、三組のロングホームルームすごい盛り上がってなかった？』

『芹奈の提案で椅子取りゲームしたら予想外に白熱したらしいよ』

『ああ、たしかに芹奈がいたら何しても楽しくなりそう』

そんな会話を聞いたのも、一度や二度ではなかった。

そこにいるだけで周りに人が集まる太陽みたいな人で、正直、俺とは別の世界の人だなと思っていた。

俺は自己主張するのが得意じゃなくて、だから写真で自分を表現するようになったんだけど。だからそんな俺の写真を見て。

『皆川くんは魔法使いみたいだね』

そう言ってくれたきみに、うれしくて少し泣きそうになってしまった。

芹奈は人の心に入り込むのがうまくて、気づいたら心を開いてしまっていて。

高嶺やコウ、柊香と仲よくなれたのだって、芹奈がいてくれたから。

高校生活がこんなに楽しかったのも、芹奈のおかげだ。

明るくてまっすぐで、だけど単純なように見えて、意外なくらい周りをちゃんと見ている。

わざとなのか無意識なのかわからないけれど、さりげなく人を気づかうのが得意。

困っている人がいたら放っておけない性格もあって、家の鍵をなくしたと泣いている近所の小学生のために、三時間かけて鍵を探してあげていたこともあった。

そんな芹奈に、憧れていた。魔法使いみたいだって、思っていた。

——だから、あの日も。

簡単にきみに触れるなんてこと、できなかったんだ。
それは去年の、夏休み前日。
夏休みになったら、毎日芹奈に会えなくなるんだなと思って。
『……写真撮るの、付き合ってくれない？』
誰かを写真を撮るのに誘ったことはなくて、まして相手が芹奈だから、少し緊張した。
だけど芹奈はうれしそうに目を輝かせてうなずいてくれた。
屋上で、シャボン玉で遊ぶ芹奈をモデルに撮った写真は、俺のいちばんのお気に入り。
楽しそうに笑う芹奈は、宙に浮かぶシャボン玉みたいに綺麗で。
風に揺れる髪も、同時にゆらゆら舞うシャボン玉も。
シャッターを切りながら、目を細めた。
こんなに近くにいるのに遠くに感じる。
夏休みで学校がなくても、卒業してからも。
当たり前のようにふたりきりできみに会える存在になれたらいいのに。
プールで写真が撮りたいという芹奈のひと言で、ふたりでプールサイドに忍び込んだ。

足先だけ水に浸すと、照りつける太陽の下では冷たい水が心地いい。

『……俺たちさ』

『うん』

『来年も変わらずにいられるかな』

思わず口をついて出た言葉。

東京の芸術大学を目指していたから、もし合格すればこの街を出ることになる。

それはまだみんなには言っていなかったけれど。

『……変わらないよ、きっと』

毎日、毎日が楽しくて、大切で。瞬きをするくらい一瞬で過ぎてきた日々。

きっとこれから先も、あっという間に過ぎていって、気付いた頃にはもう春を迎えているんだろう。

ずっとこのまま、子供でなんていられないことも、分かっている。

『変わらないよ、絶対』

真っ直ぐな目でそう言う芹奈が、すごく綺麗で。目が離せなくて。

時間が止まったみたいで、自分の心臓の音だけが脳内に響いた。

その綺麗な瞳に惹きつけられるみたいに、吸い込まれるみたいに。

ゆっくり、近づけた顔。

あと、数センチ。
『……え』
小さく漏れた芹奈の声に、ハッと我に帰った。
『っ、ごめん』
……なに、してんだ、俺。
我に返ると慌てて体を離して、顔を背けた。
自分のしようとしたことを理解した瞬間、顔が熱くなった。
『……帰ろうか。今日はありがとう』
動揺を悟られないように、平静を装う俺に。
『ううん、楽しかった』
何事もなかったみたいに笑う芹奈に、なんだか胸が苦しかった。
ごめん、芹奈。
本当は俺、芹奈のこと――。
いつもと違って後ろを歩く芹奈を振り返って、伝えてしまおうかと思った。
もうずっと、胸の奥に積もって溢れてしまいそうなこの気持ちを。
もしもあのとき伝えていたら。
もしもあのときキスしていたら。

今頃、俺たちはどうなっていたんだろう。

「秋樹？　どうかしたの？」

芹奈の不思議そうな声に、ハッとする。

「ごめん、ボーッとしてた」

笑ってごまかして、写真を撮るために教室に入る。

俺の後ろの席から芹奈が撮った教室の写真を見て、息をのんだ。

どうして芹奈の写真は、こんなに温かくてキラキラしているんだろう。

写真一枚から優しい温度が伝わってくる。

芹奈にとってこの教室が、この世界が、きっとすごく大切で幸せな場所だってことが。

「……やっぱり俺、芹奈の写真好きだわ」

無意識のうちに口をついて出た言葉に、芹奈はなんだか泣きそうな顔をして微笑んだ。

その笑顔が消えてしまいそうに儚くて、綺麗で。

「私も、好き」

「ん？」

「秋樹の写真、すごく好き」
その芹奈の言葉を、きっと一生忘れることはないだろうと胸に刻んだ。
言葉よりも、自分の気持ちを表現しているであろう写真を。
言葉に表せないような気持ちや温度、全部込めた写真を。
自分自身だと言ってもいいそれを、好きだと言ってくれたことが。
自分に向けられた言葉のようにうれしかった。
ふわりと、やわらかい笑顔を見せるきみは、やっぱりシャボン玉みたいだ。
あまりに愛おしいきみに触れたくて手を伸ばそうとして、理性がそれを抑える。
触れたら、あっけなく壊れてしまうかもしれないから。
パチンとはじけて、跡形もなく消えてしまうかもしれないから。
今日も俺はきみに触れることができずに、きみに伝えることができずに。
ふわふわと宙を舞う七色を、ただ見つめていた。

卒業まで、あと〇日。
黒板の横のプレートがついにゼロに変わって、卒業式も最後のホームルームも、次々と終わっていく。みんなが中庭に集まって、写真を撮ったり話したりしているのを横目に、ひとりで来たのはプールサイド。

きみとキスをしなかったこの場所から、桜の木を眺めた。

本当は、終わりなんて来ないんじゃないかと、どこかで思っていた。

卒業しても、またみんなであの教室に集まって、いつも通り「おはよう」って挨拶を交わすんじゃないかと。

だけど終わりは本当に訪れて、明日からはもう当たり前だった毎日はこない。

次に芹奈に会えるのは、いつなのか。

本当にこのまま卒業してもいいのか。

この胸の奥、誰にも届かないような深いところに閉じ込めた気持ちを。

毎日、きみを知るたびに、きみと笑うたびに積もって、もう溢れてしまいそうなこの気持ちを。

隠したまま、のみ込んだまま、きみとサヨナラしてもいいんだろうか。

宝物みたいなきみを、何も言わずにあきらめることができるんだろうか。

「……そんなの」

できるはずがない。

この苦しい気持ちは、きみから離れたところで薄れたりしない。

きっと離れるほど強くなって、この胸を締めつけるんだろう。

そう思うと居ても立ってもいられなくて、踏み出した一歩は、想像していたよりも軽かった。

　中庭にその姿はなくて、それならと階段を上がって教室に向かう。

「芹奈」

　教室にいた芹奈に声をかけると、彼女はなんだか泣きそうな、苦しそうな表情でこっちを見た。

「秋樹……」

「あのさ、俺……」

　ずっと抑えていた言葉を。ずっと伝えたかった言葉を。

　口にしようとしたけれど、芹奈がそれを阻んだ。

「好き」

　それは、俺がずっと閉じ込めていた言葉。

　それが自分に向けられたことが信じられなくて、目を見張った。

「え……」

「私、あの日──」

　あの日、あの暑い夏の日。

　ほんとうは。

「秋樹とキスがしたかった……」

きみの気持ちがわかった、瞬間。頭で考えるより先に、体が動いた。

壊れそうで、消えてしまいそうで、ずっと触れられなかったその華奢な体は思っていた以上に小さくて。

本当に消えてしまうんじゃないかと少し怖くなった。

あの日、できなかったキス。

その優しい温度に、心が溶けていくようだった。

「芹奈が好きだよ」

口角を上げて目を細めて笑うところが、好き。

ミルクティー色の綺麗な髪が、好き。

太陽みたいにまぶしい背中が、好き。

くるくる変わる表情が、好き。

優しくて温かいきみが、好き。

ずっと、ずっと秘めていたその気持ちを。

口にした瞬間、やっと形になった気がした。

シャボン玉みたいな恋を、壊さないように。

大切な宝物を、絶対に無くさないように。

きみを強く抱きしめたら、前よりずっと、世界が綺麗に輝いた。

番外編 2

きみが言うなら、魔法使いだって

窓の外の景色が、一瞬で過ぎ去っていく。

高層ビルばかりだった景色はいつの間にか住宅地や自然に変わって、ジリジリと照りつける真夏の太陽がまぶしい。

普通の電車よりも揺れが少ない新幹線の中は、夏休みだからか子供連れの家族が多くて。

だからひとりで三人掛けの席に座っているのは少し寂しい気もするけれど。

マナーモードにしたスマホがバイブでメッセージの受信を知らせて、窓から視線を移せば。

画面に映し出された【有沢芹奈：気をつけてね！　会えるの楽しみにしてるよ！】というメッセージに、思わず頬がゆるんだ。


卒業してから、約五ヶ月。

東京でひとり暮らしを始めてからは、家事やバイトやもちろん学校の課題なんかも忙しくて。

本当はゴールデンウィークに帰ってくる予定だったのだけれど、課題が終わらなくて休みの間も大学にいたから、夏休みになってしまった。

卒業したばかりの春休みに五人で卒業旅行に行って以来、みんなには会っていない。

もちろん連絡《れんらく》は取っているし、電話だってしているからあまり離れている感じはしないけれど、もうすぐ会えると思うと心は弾む。

「暑っ……」

しばらく新幹線に揺られて、電車に乗り換《か》えて、やっと降り立った見慣れた駅。

都会と田舎《いなか》の中間みたいなその景色に、なんだか心がほっと落ちついた。

電車を降りた瞬間の暑さも、あのころと同じ。

「……あ、来た！」

「アッキー」

そんな声に改札のほうを見れば、久々に見る四人の姿。

美容師になるために専門学校に通っているコウは、さすが、髪型もおしゃれになっている。なんだっけあ**あ**いうの、ツーブロックっていうんだっけ。

それから、さらに大人っぽさに磨《みが》きをかけた高嶺が手を振ってくれる。

長かった髪を肩の上くらいまでバッサリ切った柊香は、見慣れないけれどかなり似合っている。

そして、肩より上だった髪は肩下まで伸びて、ふわふわと巻いている芹奈。化粧《けしょう》して大人っぽくなった芹奈を、まぶしくてまっすぐ見ることができなかったりして。

「迎《むか》えに来てくれたんだ、ありがとう」

改札を出たら、暑いなか待っていてくれたみんなが迎えてくれる。それだけで幸せな気分だ。

「久しぶり、元気だった？」

なんて再会を喜んだあとは、いつも集まっていたカフェに向かう。

久しぶりに見たスペシャル・ウルトラ・ビッグパフェは思った以上に大きくて、数ヶ月前の自分たちがぺろりとこれを食べていたことが信じられない。

懐かしさを感じながら、チョコレートアイスを口に運ぶ。

「アッキー、ちゃんとひとり暮らしできてるの？」

「一応ね。忙しいときとか全然家事できないけど」

「ご飯とか食べてる？」

「たまには自炊してるし、コンビニもあるからなんとかなってるかな」

チョコと生クリームという甘ったるいパフェを幸せそうに食べる芹奈を、ついかわいいな、なんて思って見てしまう。

「みんなは最近どうなの？」

「コウが柊香の前髪切るの失敗して、一週間口きいてもらえなくなってたよね！」

おかしそうに芹奈が言えば、慌てたように立ち上がるコウ。

「いや、もっとなんか他に言うことあるだろ！　なんでそれ真っ先に言うんだよ！」

「前髪伸びるまで大変だったんだからー」

そして口をとがらせる柊香。

高校のときとまったく変わらない空気に、会話に、声を出して笑う。

卒業って世界の終わりみたいに寂しく感じていたけれど、通り過ぎてしまえば意外といい思い出になっている。

前と全然変わらなくて、それでも前よりはやっぱり少し成長したみんながいる。

その変化は寂しいことじゃなくて、きっと幸せなことなんだろう。

「高嶺は？　彼女できた？」

ずっと気になっていたことを聞いてみれば、あー、と照れたように笑う高嶺。

「彼女にしたい人は、できた」

「えー！」と急に盛り上がる俺たち。とくに芹奈とコウが興味津々だ。

「バイト先の子で、最近仲よくしてるんだけど……」

高嶺の好きな人の話をみんなでニヤニヤしながら聞いて、それからそれぞれ近況《きんきょう》を報告し合って。

柊香が塾で講師のアルバイトを始めた話とか、芹奈がちゃんと授業には出席していたのにテストの出来が悪すぎて単位を落とした話とか。

相変わらずなみんなに安心して、心が温かくなった気がした。

「……っと、私今日バイトだからそろそろ帰るわ！」

「俺もレポートやらなきゃいけないから。ってことで、あとはふたりでごゆっくり」

柊香とコウと高嶺が自分たちの分のお金を置いてカフェを出ていく。

俺はこれから一週間くらいはこっちにいるつもりだし、また明日もみんなで集まる予定だ。

ひらひらと三人に手を振って、残ったのは俺と芹奈とあと少し残ったパフェ。

「えーと……久しぶり、ですね！」

数時間前にも聞いた言葉を、なんだか気まずそうに繰り返す芹奈。

ふたりきりになった瞬間照れるところが、ずるい。かわいい。

「はは、久しぶりですね」

恥ずかしそうに目を逸らして、手元にあった水を飲み干す芹奈。

まだ見慣れない私服とか、長くなった髪とか、前はしてなかったオレンジ系のアイシャドウとか。

なんだか大人っぽくて、色っぽくて、ちょっと焦ってしまう。

「東京に住むって、どんな感じ？」

「うーん、どんな店も近くにあるから便利かな。まあ人が多くて忙《せわ》しないけど」

そうだ、写真見る？と、芹奈に見せるために持ってきていた東京の景色の写真をテーブルに出す。

「やっぱり秋樹の写真で見たら、どこでも素敵に見えるから、全部行きたくなっちゃうよねー……」

高層ビルの写真、スクランブル交差点の写真、マンションのベランダから見える夕日の写真など、一枚一枚目をキラキラさせながら見る芹奈に、頬がゆるむ。

俺の写真を、一番褒めてくれるのはいつだって芹奈で。

俺が一番うれしい言葉をくれるのも芹奈で。

俺が一番綺麗だって憧れる写真を撮るのも、芹奈だ。

芹奈の瞳に世界は、こんなにも楽しくまぶしく映っているんだって、うらやましくなる。

「そうだ、友達できた？」

「一応できたよ。芸大だから結構変わってる人が多くて楽しい」

「そっか、よかった」

「芹奈は……まあ心配してないけど、できたんだろ？」

「まあ、私は明るさだけが取り柄《え》だからね」

何げない会話も久しぶりで、ふたりきりになるのが最初こそ少し照れくさかったものの、いつの間にかいつも通り話せるようになっていた。

「……そうだ、学校遊びに行かない？」

「いいね、行きたいと思ってた」

カフェを出て、徒歩十分。

ジリジリと、痛いほど照りつける太陽のせいで、少し歩いただけでも汗をかいてしまう。

暑い暑いと言いながらもやっとたどりついた高校は、夏休みだから部活動の練習が行われていた。

野球部やサッカー部、水泳部は今日はいないみたいだけど吹奏楽部の楽器の音なんかも聞こえる。

「勝手に入っていいの？」

「いいでしょ、卒業生だもん！」

芹奈が言うと本当に大丈夫な気がしてくるから不思議だ。

昇降口から中に入ると、あまりの懐かしさに思わず声が漏れる。

「まだ五ヶ月しかたってないのに、すごく久しぶりな気がするね」

「ここの廊下の落書き、まだ消えてないんだ」

通い慣れたはずの高校。

毎日上っていたこの階段。

そして俺たちのクラスだったはずの教室には、今は一つ下の学年の人たちの荷物が置いてあって。

それがなんだか、少し切なかったりして。

「ここだったよね、私の席」

そう言って芹奈が窓際の後ろから二番目の席に座るから、俺もその一つ前の席に腰を下ろす。

懐かしい景色がよみがえって、なんだか急に目の前に芹奈がいることが愛しくなって。

「……好きだよ」

無意識のうちに喉を通ったその言葉は、俺が卒業するまでの一年間ずっと心の奥に閉じ込めていた感情。

驚いて目を見張ってから、ふわりと力が抜けたみたいに笑うその顔が。

少し赤らめたその頬が。

「私も好き」

って動くその唇が、好きで。

青い空の下、太陽の光を七色に反射しながら光る丸いシャボン玉みたいに。
キラキラまぶしくて、ずっと憧れて。
触れてみたくて手を伸ばすけれど、触れた瞬間ぱちんとはじけて消えてしまうような。
そんな大切だからこそ感じるもろさとか、それでも触れたくなるこの欲望とか。
本当はずっと、苦しかった。
いつもクラスのみんなを笑顔で引っ張っていけるところ。
冗談ばっかり言ってるように見えて、本当は誰よりも周りに気を使えるところ。
何より彼女のひとことでみんなが動く、その人望。
大きな目をキラキラ輝かせて、口角を上げて思いっきり笑う顔。
芹奈が隣にいるだけで、目に映る景色は急に色づいて綺麗に染まる。
俺のことを魔法使いだなんて言ったけれど、そんなのどう考えたってきみのほうだ。
きみの全部がまぶしくて、全部俺のものにしてしまいたくて。
だけどこんな俺はきみに釣り合うわけがないと、ずっと抑えていた。
きみの隣で、俺の知らない素敵な誰かが笑っている姿が容易に想像できたから。
あの夏の日。
あのプールサイドでのことだって。

何度思い出したかわからない。

何度後悔したかわからない。

足先に絡まる冷たい水が。

照りつける太陽で熱くなる体が。

隣で笑う、きみの横顔が。

全部まぶしくて。

消えてしまいそうで。

それでも触れてみたくて。

そのシャボン玉に手を伸ばしたのは、頭で考えるよりも先に体が動いたから。

あのときキスしていたら。

あのとき何か言っていたら。

あのままなかったことにしなかったら。

俺たちどうなっていたんだろうって、後悔しては首を振って、芹奈は俺には手が届かないって言い聞かせて。

そんなきみに触れても消えないこの距離が、奇跡みたいで正直まだ実感が持てなかったりして。

「あーき、どうしたの？」

きみだけが呼ぶ「秋樹」って名前が。

俺だけが呼ぶ「芹奈」って名前が。

心の奥の、奥のほうの。

一番大切な扉に鍵をかけて、誰にも触れられないように、壊されないように、大切に大切にしたいものだったことも。

きみは知らないんだろう。

「なんでもないよ」

「えー？」

「芹奈がかわいいって話」

「……そう言えばごまかせると思ってるんでしょ」

「はは」

しばらくしゃべって、そろそろ出ようか、と立ち上がると。

「秋樹、スマホ忘れてるよ」

机の上に置いたままだったスマホを取ってくれた芹奈が、その画面を見て動きを止める。

「……あ」

そうだ、俺、ロック画面……。

慌てて戻って芹奈の手からスマホを取り上げるけれど、遅かったらしい。

光るスマホの画面には、あの日プールサイドで撮ったふたりの写真。

驚いた顔をしている芹奈と目が合って、急に恥ずかしくなった。

「その写真、持っててくれたんだ……」

「……芹奈の撮った写真が一番好きだって、言ったでしょ」

芹奈が撮ったものなら、なんだって。

きみの見てる世界なら、水面越しの太陽みたいに、七色に輝くシャボン玉みたいに綺麗なんだろう。

「好き！」

抱きついてくる芹奈に、はいはい、ってあしらいつつも、きっと頬はゆるんでいるし、顔は真っ赤だ。

そして顔を上げた芹奈の、潤んだ瞳に。

桜みたいな色の、やわらかい頬に。

かわいいその唇に。

あの日と同じように、あの日みたいに。

吸い込まれるように、引き寄せられるように体が近づいて。

そっと触れた唇はやわらかくて、温かくて。

あの日できなかったキスも今となってはいい思い出かもしれないな、なんて都合のいいことを考えた。

目が合った瞬間、恥ずかしそうに笑ってうつむく芹奈が、かわいくて仕方ない。

「こ、この前ね！　カレー作ろうと思ったらルーを買い忘れちゃってホワイトシチューにしようと思ったんだけど焦《こ》げてホワイトじゃなくなっちゃったの。ぱっと見カレー？みたいな」

「……なんで今その話したの？」

「いや……はは」

「照れ隠し下手すぎでしょ、芹奈」

「う、うるさいなぁ……」

これから先、いつまでだってきみの隣にいられるように。

今度ホワイトシチューでも練習して作ってあげたら、きみは太陽みたいにキラキラ笑ってくれるんだろうか。

——『秋樹の写真って、魔法みたい』

きみがそう信じてくれるのなら、魔法使いにだってなれる気がした。

番外編 3

きみと会えてよかった

「秋樹、助けて……」

秋樹が地元に帰ってきた楽しい夏休みも終わり、後期の授業が始まってしばらく経った。

秋樹は課題に追われているうえに、ひとり暮らしの生活費の足しにとアルバイトもしているから、忙しくて全然地元に帰ってこない。この前会った時からもう二ヶ月がたとうとしている。

そして私は今、終わる兆《きざ》しの見えないレポートを前に秋樹に電話をかけていた。

『……そんなに進んでないの？』

電話越しに、秋樹のあきれたような声が聞こえる。

目の前のパソコンの画面にはまだ半分も書けていない中途半端なレポート。

「もう無理だ……明日の授業で提出なのに……」

ちらりと確認した時計はもうすぐ日付をまたごうとしている。

こんなギリギリまで課題をやっていなかった私が全面的に悪いんだけれど、もう眠いしやりたくないしで涙目になってしまう。

「もう寝たい……」

『……じゃあ芹奈のレポートが終わるまで俺も起きてるよ。だからもうちょっと頑張れ』

「秋樹……！　いいの……？」

『ほら早く書いて』

クスクス笑う秋樹の声が耳元で聞こえて、胸がきゅんと鳴った。

自分だって忙しくて疲れているはずなのに、ずっと電話をつないでいてくれる。

私が眠くならないように、話しかけてくれる。遠くにいてもすぐ近くにいると感じさせてくれる、そんな秋樹の優しさがうれしくて、そしてどうしようもなく会いたくなった。

結局レポートが終わったのは夜中の三時。「終わった……」と床に倒れ込んだ私を、秋樹は優しい声で『よく頑張ったね』って褒めてくれた。

秋樹は私を甘やかしすぎなんじゃないかな。うれしいけど。

「付き合ってくれてありがとう、秋樹」

『うん』

「……あの、さ」

少しの沈黙の後。言おうか言わないか、少し迷って。

いつもだったら、絶対に言わないんだけれど。今までだって、一回も言ったことなかったんだけれど。眠くて思考が働いていないからか、少しかすれた秋樹の声が耳元で聞こえることにドキドキしていたからか。

「……会いたいな」

つい口にしてしまった言葉は、小さかったけれど秋樹の耳にはちゃんと届いたらしい。

少し驚いたみたいに黙ってから。

『……そんなかわいいこと言われたら、今すぐ帰りたくなる』

ドキン、と跳ねた私の心臓。熱くなる頬。

『……なかなか会えなくてごめんね』

寂しそうに、愛おしそうにそんなこと言うから。

私はしばらく何も言えなくて、「照れてるの?」って笑われてしまった。


「有沢、誕生日おめでとう!」

十一月三日、私の十九歳の誕生日。

大学が終わってから、柊香とコウと高嶺と、お祝いにちょっといいご飯を食べに来ている。

「わーい、ありがとう!」

三人からかわいい化粧品をプレゼントにもらって、私たちも大人になったなぁ、なんて思った。高校の時はお菓子とかだったのに。

「それでアッキーをドキッとさせろよー」

「そうそう、アッキー絶対モテてるんだから、ちゃんとつかまえておかなきゃ」

からかってくるコウと柊香に、拗ねてみせる。

キラキラしたラメの入ったかわいいコーラルピンクのグロスを見つめて、秋樹もこういうメイクが好きなのかな、と考える。

「……やっぱりモテてるのかな、秋樹」

好きな人がみんなから好かれているのはうれしいことだけど。

彼女なのになかなか会えない私としては、ちょっと複雑だ。

だって東京にはおしゃれでかわいい女の子が、きっとたくさんいて。

そんな素敵な女の子が秋樹のことを好きになっちゃったら、私のことなんて忘れてしまうんじゃないかって、本当はいつも不安だ。

……今日だって。スマホが鳴るたびに秋樹からの連絡なんじゃないかってすぐに確認したけれど、秋樹からのメッセージはきていなくて。

私の誕生日、忘れちゃったのかな。プレゼントなんか用意してくれなくていいから。欲を言えば会いたかったけれど、『おめでとう』のひとことだけで十分だから。

大好きな人に、祝ってほしかったなぁ。なんて、柄にもなく切なくなってしまった。

「……っと、もうこんな時間か」

腕時計を見てそうつぶやいた高嶺と、慌てたように帰る支度を始める柊香とコウ。

「え、もう帰るの？」

時計を見ても、まだ午後七時半だ。いつもならもっと遅くまで一緒にご飯を食べているのに。

不思議に思っていると、柊香がさっきもらったグロスを私に塗ってくれた。

「え……」

お菓子みたいな甘いグロスの香りが鼻をくすぐる。

「うん、かわいい」

にっこり笑う柊香。コウと高嶺も、いいじゃん、と笑ってくれる。

四人で店を出ると、いつもより時間が早いとはいえ、辺りはもう暗くなっていた。

「じゃあ、私たちはここで」

すぐに解散しようとする柊香に、え、と驚く。

「同じ方向なんだから一緒に帰ろうよ」

なんか今日、みんな変じゃない？　早く帰ろうとしたり――。

そう聞こうと、口を開いた瞬間。

「芹奈」

大好きな声が聞こえた気がして、その声の方へ顔を向けると。

「あ、き……？」

ここにいるはずのない、きみがいた。

やっぱりまだ染めたことのない黒い髪。少しふわりとセットされた、やわらかい秋樹の髪。

スキニーパンツに長めのコート。眉を下げて、少し照れたみたいに笑う顔。

前に会った時よりも大人っぽくなったきみの笑顔はそのままで、ぎゅう、と胸が締めつけられた。

「じゃあ、俺たちはこの辺で」

ニヤニヤしながら楽しそうに手を振るコウたちに、秋樹は「ありがとう」と手を振り返した。

なにそれ、そういうこと？

いつもより早めの解散だったのも、家まで一緒に帰らなかったのも、このかわいいグロスを塗ってくれたのも。みんな知ってたの？

うれしくて、幸せで、なんだか泣きそうになった。

「秋樹……」

ずっと電話越しでしか会えなかったきみが、いま目の前にいて。

呼びかければすぐに答えてくれる。

きみだけが呼ぶ、私の名前で。

「芹奈、誕生日おめでとう」

優しく笑う秋樹に、ぎゅっと抱きついた。

「秋樹の匂いだぁ……」

久しぶりに感じる秋樹の体温に、柔軟剤の優しい匂いに。

心の奥から温かくてうれしい気持ちが溢れてきた。

「ごめんね、全然会いに来れなくて」

眉を下げて笑う顔も、久しぶりに見た。

「誕生日、忘れてるんだと思った……」

「どうしても直接言いたくて……授業終わってから来たから夜になっちゃったけど」

その辺に座ろうか、と近くの公園のベンチに並んで座る。

横から見上げる秋樹も久しぶりで、なんだか照れてしまう。

「それでみんなに、後半はふたりきりにさせてって頼んだんだ」

「ありがとう……」

ふたりきりにさせて、なんて、かわいくてずるい。

大学が終わってから、忙しいのに来てくれてうれしい。

「忙しいのに、わざわざごめんね?」

「いや……まあ、俺が会いたくて来たっていうのが一番の理由だし」

俺のために来たんだよ。と笑う秋樹に、苦しいくらいに胸がきゅんとする。

おかしいな、両想いになったはずなのに。まだ水の中にいるみたいに、どんどんきみに溺れていく。本当に、会うたびにかっこよくなる秋樹に、ドキドキすると同時にちょっと不安だ。

「……秋樹、モテてるって本当……？」

どうしても気になって聞いてみると、驚いた顔をする秋樹。

「はは、何それ？　モテてないよ」

「みんな、秋樹はモテるだろうって」

私だって、そう思う。こんな素敵な人がモテないなんて、そんなことあるわけがないって。

秋樹の魅力を知ってるのが、私だけならいいのに。

このままずっと、私の隣にいてくれたらいいのになぁ。

「芹奈こそ、他の男に取られないか心配なんだけど」

いつもそんなに甘いことは言ってくれないのに、久しぶりに会ったからか、いつもと違う秋樹にドキドキしてしまう。

「……そんなふうに、思ってたの？」

「だって芹奈、会うたびに大人っぽくなるし」

そんなの、私のセリフだ。

会うたびにかっこよくなる秋樹を、私はどんどん好きになっていくんだ。

「かっこいいヤツに言い寄られてない？」

「全然心配ないよ」

「それはよかった」

ふたり並んで、夜の公園のベンチに座って。

小さな街灯が私たちの影を映し出す。

空には綺麗な星が光っている。

「秋樹も、東京のかわいい女の子を好きにならないでね」

「当たり前でしょ」

このままずっと、ふたりきりでいられたらいい。だけどきっと、離れているからこそ感じる愛しさって、あると思った。

「……そうだ、これ」

「プレゼント」

しばらく他愛ない話をしてから、秋樹はバッグの中から袋を取り出した。

「え……ありがとう！」

かわいいピンクの包み紙に包まれたそれを開けると、アルバムが出てきた。一ページ開けば、そこには卒業式の時に五人で撮った、笑顔の写真。

「わぁ……！」

思い出の詰まった教室や、夕日の差し込む廊下、プールサイドでふたりで撮った写真も。どれも懐かしいものばかりで、夢中でページをめくる。最後のページには、シャボン玉の中で笑う私の写真があった。

『芹奈ってシャボン玉みたいだよね』

あの時の寂しそうな、切ない、秋樹の横顔を思い出す。

秋樹の目に私は、こんなふうに映っていたんだ。キラキラして、まぶしくて、だけど触れたらパチンとはじけて消えてしまうような。

そっと秋樹の左手に、自分の右手を重ねた。

驚いたように顔を上げる秋樹と、絡まる視線。

「私、まだ、シャボン玉みたい？」

「……ずっと、シャボン玉みたいに綺麗」

少しかすれた声が、いつもより近い距離で聞こえる。うん、私もね。きっとずっと、きみは水面越しの太陽みたいにまぶしいよ。

「……でも」

そっと、近づいた顔。ゼロになった距離に、そっと目を閉じた。優しく触れた唇に、心臓が壊れそうなくらいドキドキした。

「……壊さないように、大事にするよ」

唇を離してから、そう続けた秋樹。シャボン玉が、はじけて消えないように。そんなふうに優しく触れたキスに、心がじわりと温かくなった。

高校のとき、プールサイドでしなかったキスを、どれだけ後悔したかわからない。何度、あの瞬間を思い出したかわからない。そんな秋樹が、大好きな秋樹が、今は隣にいて。触れたくなったら、触れてもいい存在になれて。大好きだっていう思いをいつでも、伝えてもいいなんて。幸せだなぁ、と思いながら、アルバムを一度袋にしまおうとすると。

「……あれ」

まだ何か入ってる？

袋の奥に小さな箱が入っていることに気づいて、不思議に思って取り出す。

「時計？　……かわいい！」

大きめの白い文字盤に、優しいブラウンのベルトの腕時計。

「お揃い」

少し照れたように笑う秋樹が見せた腕には、同じデザインの黒の時計。

「え……」

「なかなか会いに来れないから、こういうのがあったらいいかなと思って」

こんなに大切にされていいのかな、私。

「ありがとう……アルバムも時計もうれしい……！」

私が笑ったのを見て、うれしそうに笑う秋樹が好き。涼しくて綺麗な、秋の風も好き。キラキラした夜空の星も好き。きみが隣にいれば、どんな季節だってどんな景色だって、きっと大好きになるんだろう。

「十九歳おめでとう」

「うん、私、生まれてきてよかった」

「大げさだな」

秋樹はクスクス笑うけれど、全然大げさなんかじゃない。それくらいの幸せを秋樹は私にくれる。

「コウたちからは何もらったの？」

「このグロスもらったよ」

「どれ？」

私の顔を覗き込む秋樹に、キュンと心臓が跳ねる。あんまり見られると、恥ずかしい……。思わずきゅっと目を閉じると、一瞬、唇に触れた体温。驚いて目を開けたら、秋樹の顔が目の前にあった。

「ちょっ、と」

意地悪な顔をして笑う秋樹。

「うん、甘いね」

「ば、ばか……」

「はは、かわいい」

意地悪だ。それなのに、楽しそうに笑う顔で、かわいいってひとことで。うれしくなってしまう私も大概《たいがい》だ。


授業の後、わざわざ会いに来てくれてありがとう。こんなに素敵なプレゼントまで用意してくれてありがとう。幸せな気持ち、いっぱいくれてありがとう。私のこと、選んでくれてありがとう。

「ねえ、秋樹」

「なに、芹奈」

「……大好き」

本当は、もっとたくさん伝えたいことがあるんだけど。大好きなんてひとことじゃ、私のこの気持ち全部届けられないんだけど。本当はもっともっと、溢れるくらい大好きなんだけど。でもなんだか泣いてしまいそうで、これ以上きっと何も言えないから。泣き笑いした私に、優しく笑ってくれる。

「俺も大好き」

ぽん、と頭をなでる温かい手が。少し照れたみたいに、逸らした目が。やさしい声が。私にとってこんなにも大切なんだってこと、長い時間をかけて、ゆっくり伝えていけたらいい。やわらかく吹いた秋の風の匂いに、そんなことを思っていた。

―END―

あとがき

こんにちは、氷室愛結です。この度は、数ある書籍の中から『きっと、ずっと、恋だった。』をお手にとってくださり、本当にありがとうございます。

突然ですが皆さま、夏は好きですか？　私は大好きです。照りつける太陽の中はんぶんこするアイスも、自転車でくだる坂道も、キラキラきらめくプールサイドも。夏の爽やかで、甘酸っぱいイメージが大好きです。実際の今年の夏は暑すぎて、極力外に出たくないですが……。春も好きです。淡いピンクの桜も、暖かい風も、新しい出会いも切ない別れも。卒業一週間前のこの作品は、私の好きな春と夏を詰め込んだものになったと思います。そしてこの、春に書いた作品を、夏真っ盛りの八月に書籍として発売できることがとても嬉しいです。

この話は、私の中でもかなり気に入っている作品だったので、書籍化のお話を頂きとても幸せです。この小説を書き終えた時、書き始めた時よりも芹奈たち五人のことが大切になりました。そして、書籍化にあたっての編集作業を通して、また少し、みんなのことが好きになった気がします。

私も卒業式の前は、大好きな友達たちにまた会えるとはわかっていても、ずっと変わらずにいるなんて不可能なんじゃないかと、すごく寂しかったのを覚えています。結局、みんな見た目は大人っぽくなったり、考え方は変わったりしても、今でも集まればあの頃と同じ空気で笑いあえています。卒業を怖がりすぎだったな、と思う反面、あの頃の大好きな教室も、些細なことで落ち込んだり、一緒にいるだけで楽しくてたくさん笑った瞬間も、思い出の一部になってしまったと思うと、今でもたまに寂しくなります。もちろん、学校に行きたくない日も、友達に会いたくない時も、傷ついたことも、後悔だってあったはずなのに、卒業してから思い出してみると、思い出すのは楽しかったことばかりな気がします。

そして、そんな大切な時間を過ごせたことを幸せに思います。

もう卒業した方も、青春真っ盛りな方も、少しでもこの作品を楽しんでいただけたら幸いです。

最後になりましたが、素敵な機会をくださったスターツ出版のみなさま、たくさん支えてくださった担当編集の飯野さま、佐々木さま、可愛くて素敵なイラストを描いてくださった中野まや花さま、この本に携わってくださった全ての皆さま、そしてこの本を読んでくださった皆さま。本当にありがとうございました。心より感謝しております。

二〇一八年八月二十五日　氷室愛結

この物語はフィクションです。実在の人物、団体等とは一切関係がありません。

氷室愛結先生への
ファンレター宛先
〒104-0031　東京都中央区京橋1-3-1　八重洲口大栄ビル7F
スターツ出版（株）　書籍編集部気付　氷室愛結先生

きっと、ずっと、恋だった。

2018年 8月25日　初版第1刷発行

著　者　氷室愛結

発行人　松島滋
イラスト　中野まや花
デザイン　齋藤知恵子
DTP　朝日メディアインターナショナル株式会社
編　集　飯野理美
　　　　佐々木かづ
発行所　スターツ出版株式会社
　　　　〒104-0031
　　　　東京都中央区京橋1-3-1 八重洲口大栄ビル7F
　　　　TEL 販売部03-6202-0386（ご注文等に関するお問い合わせ）
　　　　http://starts-pub.jp/

印刷所　共同印刷株式会社
Printed in Japan

ISBN　978-4-8137-0515-4　C0193

恋するキミのそばに。

野いちご文庫

甘くて泣ける
3年間の
恋物語

スケッチブック

桜川《さくらがわ》ハル・著

本体：640円＋税

初めて知った恋の色。
教えてくれたのは、キミでした――。

ひとみしりな高校生の千春は、渡り廊下である男の子にぶつかってしまう。彼が気になった千春は、こっそり見つめるのが日課になっていた。２年生になり、新しい友達に紹介されたのは、あの男の子・シィ君。ひそかに彼を思いながらも告白できない千春は、こっそり彼の絵を描いていた。でもある日、スケッチブックを本人に見られてしまい…。高校３年間の甘く切ない恋を描いた物語。

イラスト：はるこ

ISBN：978-4-8137-0243-6

感動の声が、たくさん届いています！

何回読んでも、
感動して泣けます。
／trombone22さん

わたしも告白して
みようかな、
と思いました。
／菜柚汰さん

心がぎゅーっと
痛くなりました。
／棗 ほのかさん

切なくて一途で
まっすぐな恋、
憧れます。
／春の猫さん

恋するキミのそばに。

♥野いちご文庫♥

千尋くんの想いに泣きキュン！

千尋くん、千尋くん

『俺、あるみの彼氏で本当に幸せ』
マイペースな彼は、クールで意地悪で
でもときどき、
とっても甘い

夏《な》智《ち》。・著
本体：600円＋税
イラスト：山科ティナ
ISBN：978-4-8137-0260-3

高1のあるみは、同い年の千尋くんと付き合いはじめたばかり。クールでマイペースな千尋くんの一見冷たい言動に、あるみは自信をなくしがち。だけど、千尋くんが口にするとびきり甘いセリフにキュンとさせられては、彼への想いをさらに強くする。ある日、千尋くんがなにかに悩んでいることに気づく。辛そうな彼のために、あるみがした決断とは…。カップルの強い絆に、泣きキュン！

感動の声が、たくさん届いています！

とにかく笑えて泣けて、
切なくて感動して…
泣く量は半端ないので
ハンカチ必須ですよ☆
／歩瀬ゆうなさん

千尋くんの意地悪さ
＋優しさに、
ときめいちゃいました！
千尋くんみたいな
男子タイプ～(萌)
／*Rizmo*さん

最初はキュンキュン
しすぎて胸が痛くて、
終盤は涙が止まらなくて、
布団の中で鼻水拭うのに
必死でした笑
もう、とにかく
やばかったです。
／日向 (*´Θ`*) さん

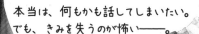